KB111578

미뉴에트

미뉴에트

발행일 2019년 1월 30일

지은이 동 해
펴낸이 손 형 국
펴낸곳 (주)북랩
편집인 선일영 편집 오경진, 권혁신, 최예은, 최승헌, 김경무
디자인 이현수, 김민하, 한수희, 김윤주, 허지혜 제작 박기성, 황동현, 구성우, 정성배
마케팅 김회란, 박진관, 조하라
출판등록 2004. 12. 1(제2012-000051호)
주소 서울시 금천구 가산디지털 1로 168, 우림라이온스밸리 B동 B113, 114호
홈페이지 www.book.co.kr
전화번호 (02)2026-5777 팩스 (02)2026-5747

ISBN 979-11-6299-524-2 03810(종이책) 979-11-6299-525-9 05810(전자책)

이 도서의 국립중앙도서관 출판예정도서목록(CIP)은 서지정보유통지원시스템 홈페이지(http://seoji.nl.go.kr)와
국가자료공동목록시스템(http://www.nl.go.kr/kolisnet)에서 이용하실 수 있습니다.
(CIP제어번호: CIP2019002496)

동해 단편소설집

미뉴에트

대한민국을 힘겹게 살아가는

청춘들의 이유 있는 반항

북랩 book Lab

차례

미뉴에트

운명의 9회

칼을 훔쳐라

미뉴에트

2011년
겨울 갈 곳 없는 나

"나 재수할래."

승민은 엄마인 승아한테 말했다. 2011 수능 성적표를 받은 후 집으로 오자마자 나온 말이었다. 수능 등급은 언어 3, 수리3, 외국어1, 물리3, 화학5, 생물7 등급이었다.

"그래도 원서는 써 보자."

승아는 아들을 말렸다. 재수가 얼마나 힘든지 경험해보지는 않았지만, 귀에 못이 박히게 들어왔기 때문이었다.

"이걸로는 인서울밖에 못한단 말이야. 내 목표는 원래 의대라고."

6월, 9월 모의평가에서 서울 최상위권 학교에 들어갈 수 있을 성적이 나온 후 승민의 목표는 의대가 되었다.

"재수가 얼마나 힘든지 아니? 그러니깐 원서는 쓰고 갈지 안 갈지 결정하자." 걱정을 담아 승아는 말했다.

"싫어 한 번 더 해볼래. 나는 공부 잘하니까 괜찮아."

"힘들대도."

"재수학원 알아봐줘. D학원이 최고인 건 알지? J학원도 좋고. 내 성적이면 들어갈 수 있을 거야."

"그래 그럼 한번 해봐라. 학원은 천천히 알아보자."

승아는 승민의 의지를 보고 한번 믿어보기로 했다. 또 혹시 모르는 것 아닌가 혹시 의대에 진학할지.

3일 후 승민은 학교에 정시 상담을 받으러 갔다. 승민에게 학교는 애증의 장소였다. 학교에서 전교 2등을 했을 때는 큰 기쁨을 얻었다. 친구들의 부러움과 선생님들의 칭찬이 있었다. 어떤 친구는 공부를 너무 잘한다는 이유로 말

걸기도 두려워할 정도였다. 즉 애들한테는 경외의 대상이었다. 그러나 장점만 있었던 것은 아니다. 학생들과 선생님들의 질투가 있었다. 질투는 잘난 척을 한다는 소문을 만들었고 더 나아가 수많은 안티들을 만들었다. 그런 사람들과 함께 3년을 다사다난하게 지냈다. 즐거움도 화가 나는 일도 많았던 장소를 찾아가니 만감이 교차하였다.

커다란 운동장을 가로지르며 방과 후 학교에 가면서 바라보았던 깜깜한 운동장과 환히 밝혀진 교실, 은은히 밝혀주던 달을 생각했다. 그곳을 지나가면서 이런 생각을 하곤 했다. 어둠을 비추는 저 밝은 달빛이 되자고, 그것은 저 환한 교실에서 조금씩 이뤄가자고. 승민은 휑한 운동장을 지나가며 그런 생각을 해 보았다.

선생님인 수경을 만나기 위해 교무실을 찾아갔다. 수경은 자리에 없었다. 계속되는 상담 속에 잠시 휴식을 취하는 거라고 생각한 승민은 자신이 공부하였던 교실로 올라가 보았다. '여기에서 내가 1년 참 열심히 했지'라는 생각을 했다. 9월 모의고사 대학 배치표와 입시책을 살펴보았다.

'서울대도 갈 성적이었는데….' 승민은 안타까워했다.

승민은 10분이 지나 수경의 책상으로 돌아갔다. 선생님은 제자리에서 책을 읽고 계셨다.

"안녕하세요." 승민은 인사했다.

"어, 왔어. 어떻게 대학은 어떻게 대충 정했니?"

수경은 눈을 맞추며 심각하게 물었다.

"아니요. 재수하려고요. 학원은 알아보고 있어요."

승민은 시선을 피하며 밑을 보며 자신 없게 말했다.

"일단 어느 대학을 갈 수 있는지 알아보자. 너는 수학, 국어를 너무 못 봐서 어떻게 해볼 수가 없네. 영어가 1등급이지만 난이도가 쉽게 나와서 표준점수가 별로 안 높아. 자, 이 대학은 어떻니?"

'이게 대학인가?'

인서울인 대학이지만 높은 기대와의 차이 때문인지 쉽게 수긍이 가지 않았다.

"다른 곳은요?"

"조금 더 높여보면 K대를 쓸 수 있겠는데 너 점수로는 조금 부족하겠어."

'K대는 인서울 중위권 대학교이다. 꽤 유명한 대학교이지만 여전히 성이 차지 않는다. 점수가 낮은 학과의 배치점수

는 484점, 나는 480점. 소신지원으로 써 볼만도 하지만 그냥 안 갈 거다.'

"그냥 안 쓸게요."

"그래, 넌 공부를 잘하고 기대치가 높았으니까 재수를 하는 게 맞는 것 같다."

수경은 한숨을 쉰다.

"네, 그러려고요."

승민은 힘없이 말한다.

"이런 말 하는 거 아닌데 말해 줄게. 이번에 왕태는 시험을 잘 봤더라, 수시 우선 선발로 Y대 합격했어."

왕태는 같은 반 친구로 승민과 사돈 사이의 관계이다. 왕태의 고모부와 승민집의 이모가 결혼을 했기 때문이다. 왕태랑은 전화 통화도 많이 하는 사이로 힘든 일을 서로에게 털어놓는 꽤 친한 친구였다. 왕태의 형은 과고를 졸업하고 S대에 입학한 후 우리나라 최고의 학벌인 S대 의대에 편입하여 흉부외과 의사를 꿈꾸고 있는 우리의 아이돌 같은 존재였다. 그런 형을 닮아 왕태도 역시 똑똑하여 Y대에 수시로 합격하게 된 것이다.

승민도 수시를 썼지만 모두 떨어졌었다. 승민의 내신점수는 1.8이다. 서울 중위권 대학은 들어갈 수 있는 내신 성적이었으나 목표인 의대에 가려면 너무 부족했다. 따라서 내신 전형을 안 쓰고 내신의 비중이 적게 들어가는 논술 전형을 6개 전형에서 다 썼다. (물론 6개 모두 최저 등급을 맞추지 못해서 떨어졌다) 그러나 애초에 수시로 대학을 갈 생각이 적었던 터라 크게 개의치 않고 '정시에서 잘하자'라는 생각을 갖고 공부를 했다. 그러나 막상 수능 점수마저 낮게 나오니 크게 낙담하였다.

"아, 그래요. 잘됐네요." 말은 이렇게 했지만, 승민은 속이 쓰렸다.

"그럼 이 정도로 상담을 마치자."

수경은 웃으며 눈을 맞추고 얘기했다.

"네, 안녕히 계세요."

승민도 눈을 맞추며 꾸벅 인사를 했다.

'갈 곳이 없다니 아니 갈 대학이 없다니. 나의 자라는 키에 비해 사회의 벽은 아직도 이렇게 높군.'

고3이었던 승민에게 대학은 세상의 전부였다. 갈 곳이 없는 것은 아니었다. 하지만 승민에겐 대학이 전부였기 때문에 갈 곳이 없는 것이나 마찬가지였다.

'대학을 잘 가는 것은 대부분의 수험생에게 마찬가지로 가장 큰 목표가 아닐까? 따라서 대학 가는 데 필요한 공부는 수험생에게 있어서 모든 의미가 아닐까?' 승민은 생각했다.

나는 애가 아니라고

"잘한다, 잘해. 내가 그러게 공부 좀 하라고 했지. 성적이 어떻게 이렇게 나오니? 기막혀 말이 안 나온다. 핸드폰은 압수야!"

설아의 엄마 심은경은 화를 내며 말했다. 하나뿐인 외동딸이 수능을 대단히도 망치고 왔기 때문이다. 은경은 강남에 사는 '강남 학부모'이다. 교육열은 둘째가라면 서러울 정도로 지극 정성을 다해 설아를 교육시켰다. 좋은 학원이라면 모두 상담을 받았으며 좋다고 소문난 과외는 다 받아봤다. 설아의 성적이 지수함수처럼 쑥쑥 자랄 줄 알았으나 상수함수처럼 한결같은 성적만 유지했다. 공부량이 적었던 것이 아니다. 설아는 수학을 너무 못 했던 것이다. 수학은 아무리 공부해도 성적이 오르지 않았고 그저 열심히 할 뿐이었다. 수학과 관련이 적은 과목은 열심히 한 만큼 좋은 성적을 거둘 수 있었다.

"나는 최선을 다했어. 이번보다 더 열심히 한 적은 없기에 후회 없어."

설아는 작은 입술을 씰룩이며 '최선'에 힘주어 말했다. 그녀의 말소리에는 우아한 품성이 배어 있었다.

"그래 그래서 나온 성적이 이 모양이야? 물리가 7등급이 뭐야. 또 수학이 5등급?"

"결과가 그렇다면 받아들여야지. 그래도 언어는 1등급이잖아."

설아는 눈을 찡그리며 입을 삐쭉이면서 엄마를 보았다. 그 모습은 훗날 많은 남자를 설레게 할 여성적 매력을 풍기는 표정이었다.

"설마 재수하라는 말은 안 하겠지?"

의심하는 표정으로 설아는 말했다.

"재수해."

"엄마는 왜 마음대로 내 진로를 정해? 난 어느 대학이든 그곳에서 최선을 다하면 된다고 생각해. 대학교가 안 좋으면 대학원을 잘 가면 되고 대학원을 못 가면 취업을 잘하면 되는 거 아니야? 난 학교가 안 좋아도 대학 공부를 해보고 싶다고."

"학교가 안 좋으면 어떻게 취업을 할 수 있니?"
엄마는 설아의 말에 화가 났다. 어찌 저런 철없는 말을 할 수 있는지 기가 찰 노릇이었다.

"지방대는 지방인재채용 전형이 있어서 지방대생을 꼭 뽑아야 돼. 또 공대는 취업이 쉽단 말이야. 학점 잘 받고 영어 성적이 좋으면 좋은 일자리 구할 수 있다고." 설아는 맞받아쳤다.

"좋은 대학이 취업하기 쉬운 건 분명한 사실이잖아, 그렇지 설아야?"

"내 말은 안 좋은 대학에서도 일자리를 가질 수 있다고. 최선만 다하면."

"일자리는 가질 수 있겠지. 중소기업."

"엄마, 열심히 하면 대기업도 갈 수 있어."

"됐다, 그만해라."
구석에서 쳐다보던 설아 아빠 현우가 말을 꺼냈다.

"대학 가는 것도 좋지만, 공부를 1년 더 해보는 게 어떻겠니? 좋은 대학 가면 인생이 편해진단다."

아빠는 L기업 부장이다. SKY대를 졸업하고 취업을 하여 지금까지 별 탈 없이 잘 다니고 있다. 연봉도 억대 연봉을 받는 성공한 샐러리맨에 속했다.

"하지만 나는 대학공부가…."

한 치의 망설임도 없이 말을 꺼냈으나 은경이 말을 가로챘다.
"아빠 말 들었지. 1년 더 공부하기다."

"…."

설아는 방으로 들어가 누웠다. 클린징으로 화장을 지우

고, 잠옷으로 갈아입고 늦잠을 잘 준비를 했다. 푹신한 침대는 오늘도 포근했다. 침대맡에 있는 라디오를 튼다. 설아는 어려서부터 클래식 음악을 듣는 것을 좋아했다. 모차르트의 노래를 듣는다. 바흐의 음악도 듣는다. 설아는 미뉴에트를 가장 좋아했다. 미뉴에트는 4분의 3박자 약간 빠른 춤곡으로 경쾌한 리듬이 특징이다. 설아는 이 미뉴에트를 흥얼흥얼거렸다. 앞으로의 문제는 휴대폰을 빼앗긴 것. 오랫동안 연락한 친한 선배, 친구들, 동생들과 거리가 멀어지게 되었다. 300명쯤 되는 친구들과 1년간 이별을 고하게 되었다. '1년 후에 다시 돌아갈 수 있겠지? 아무래도 다시 돌아갈 수 없을 것 같아. 부재하는 습관은 기억을 부식시켜 나가거든. 1년 후 나는 그들에게 어떤 사람으로 다가갈까?'

설아는 재수를 하게 되었다. 학원은 가까이 있는 강남 J 학원에 다니기로 하였다. 학원 성적 커트라인보다 겨우 5점이 더 높아 가까스로 합격했다. 집에서 가까워 5분이면 걸어갈 거리였다.

강물이 동쪽으로 흐르듯이

때는 2월, 바깥바람은 아직 차갑다. 하지만 교실 안은 얘기가 다르다. 새로 지은 건물은 설정 온도가 15도로 맞춰져 있다. 피드백(결과가 원인에 영향을 미치는 작용) 작용에 의해 온도는 더도 덜도 아닌 15도에 맞춰져 있다. 이렇게 쾌적한 환경에서 재수생들은 공부를 시작했다.

J학원의 외관은 유리로 뒤덮인 직육면체 모양을 하고 있었다. 학원은 에메랄드 빛 색깔을 띠고 영롱히 빛나고 있었다. 모던하고 심플한 멋진 건물이었다. 그 모습은 마치 기업체의 오피스로 쓰이는 건물과 같았다. 밖에서 유리를 통해 내부를 볼 수 있었다. 건물은 지상 6층 지하 1층으로 되어있다. 넓은 입구로 들어서면 1층에 카운터와 교무실이 있었다. 2층부터 6층의 각 층은 4개의 교실이 배치되어 있

었다. 지하 1층은 급식실이 있었고 매점이 있었다. 옥상은 마치 공원처럼 나무가 심겨 있고 벤치가 놓여 있었다. 승민의 반은 J-20반, 건물 6층에 있는 맨 마지막 반이었다.

승민은 엄마의 차와 지하철을 타고 학원에 등원했다. 승민의 집에서 지하철을 타고 학원을 가려면 두 번을 갈아타야 했다. 따라서 가장 가까운 경로에 있는 역에 엄마가 차를 태워주었다. 덕분에 지하철을 갈아타지 않고 한번에 학원에 갈 수 있었다.

"엄마 잘 갔다올게."

승민은 지하철에서 내려서 5분간 오르막길을 올라가야만 학원에 도착할 수 있었다.

"아, 힘드네."

승민은 학원을 걸어오면서 많은 학원생들을 보았다. 학원이 강남에 있어서인지 학생들의 가방이 눈에 띄었다. 재수생의 가방이 명품백인 것을 보고 승민은 꽤 놀라워했다. 특히, L가방을 버젓이 책가방으로 들고 다니는 여자애를 여러 번 보았다. 또, 자동차를 타고 오는 아이들도 많았다. 독일, 미국을 대표하는 기업들의 외제차들이 줄을 지어 아이들을 실어 나르었다. 기업 회장들이 많이 타는 차 역시 많이 보였다. 승민은 말없이 바라보기만 했다.

"이것이 강남 부자인가?"

유유히 입구를 지나 학원에 들어갔다.

교실에 가까워지며 자신감 있게 걸었다. 첫인상을 강하게 주기 위해 과장된 걸음걸이로 크게 크게 걸었다.

'첫인상은 선명하게 기억되어 마지막 이별의 순간까지 계속되니까.'

뒷문을 놔두고 앞문을 열고 당차게 들어갔다. 승민은 교실을 한번 둘러본 뒤 구석진 옆자리로 가 앉았다. 구석진 옆자리가 공부하기 편했기 때문이다. 반 학생들은 20명 가까이 앉아 있었고 빈 자리가 20좌석 정도 됐다. 학생들은 멍히 앉아 있거나 자기 공부를 하고 있었다. 20반은 고요함으로 정적이 흘렀다.

승민에게는 안타까운 결점이 하나 있다. 군중 속의 정적을 견디지 못한다는 점이다. 즉, 사람들이 옆에 있을 때 조용한 것을 견디지 못했다. 고등학교 때 겪은 아픈 기억 때문인지 고등학생 때부터 정적을 두려워하게 되었다. 고등학교 때의 기억은 아픈 유리로 남아 가슴 한편을 날카롭게 찌르고 있었다. 정적이 있을 때는 '멘붕'에 빠졌다. 초조하고 불안해하고 땀이 났다. 공부하는 데 지장을 줄 만큼 손도 떨렸다.

'사람이 싫어. 너무 조용하단 말이야. 그들은 말없이 나를 생각의 구렁텅이로 끌어들여. 그곳에서 나만이 존재하는 심안의 거울 앞에 홀로 남게 되지.'

승민은 정적을 깨기 위해 노래를 들었다. 핸드폰에 저장되어 있는 가요를 들었다. 음악을 들으니 두려움과 불안함은 마지막 촛불처럼 사그라졌다.

8시가 되자 수업임을 알리는 종이 쳤다. 선생님이 들어왔다. 젊고 잘생긴 남자 선생님이었다. 키는 작았다.

"안녕하십니까? 저는 김화연입니다. 만나서 반갑습니다. 저는 과학 논술을 맡고 있습니다. 1년 동안 함께 지내게 되었는데 반갑게 생각하고 있습니다. 만절필동이란 말이 있습니다. 중국의 강 황하가 만 번을 꺾여 굽이쳐 흐르더라도 반드시 동쪽으로 흐른다는 말입니다. 여러분은 수만 번 방황할 수 있습니다. 하지만 황하가 언젠가는 반드시 동쪽으로 흐르듯이 여러분의 꿈에 언젠가는 도달할 것입니다.

자, 출석을 불러 보겠습니다."

40명의 출석을 부른다. 모두 다 출석했다.

"자, 이제 남자 회장, 여자 회장을 각각 뽑아보려 하는데 지원자 있습니까?"

승민은 갈등한다. 그는 중학교 이후로 회장을 한 적이 없다. 공부에 방해된다는 이유에서였다.

'공부하는 데 시간을 자주 뺏기는데.'

갈등하는 순간 한 남학생이 손을 들었다.

"제가 한번 해보겠습니다."

"저도 할래요."
당차 보이는 여학생이 손을 들고 말했다.

"더이상 지원자 없나?"

"…."

승민은 갈등하다가 포기한다.

"그럼 회장은 이렇게 정한다. 학생 이름은?"

"최진성입니다."

"설설아요."

이 둘은 크게 자신의 이름을 말한다.

"자, 책을 나눠 줄게. 자리에서 나와서 책을 받아가고 회장은 나 좀 보자."

책은 꽤 많았다. 언어 3권, 수리 4권, 외국어 3권, 탐구 2권이었다. 승민은 무엇을 배우나 책을 살펴보고 있었다. 이미 고3 때 한번 공부했던 것들이라 쉽게 느껴졌다. 형태는 바뀌서 나올 수 있겠지만, 교과 내용은 바뀌지 않기 때문이다.

'이쯤이야 뭐 강물이 동쪽으로 흐르듯이 너무 쉬운 것 아닌가?'

잠시 후 여 회장과 남 회장은 이야기를 하면서 들어왔다. 둘은 밝은 얼굴로 서로를 마주 보며 이야기를 하고 있었다. 첫 만남치고는 매우 밝게 이야기하고 있었다.

승민은 여회장이 작지만 당돌해 보이고 예쁘다고 느꼈다. 더 자세히 표현하자면 몰락한 나라의 왕비 같았다. 얼굴은 고귀한 느낌을 주며 머리는 헝클어져 있었다. 이러한 점 때문에 폐비와 같은 우아함과 비장함이 동시에 느껴졌다. 또, 애잔한 느낌을 주고 있었다. 얼굴은 구체적으로 아이돌 스타 아이유를 닮았다. 아니 아이유와 닮았지만, 얼굴에서 느껴지는 애잔함은 아이유와 구별시켜주었다.

연갈색 사파리 잠바를 입고 있었으며 안에는 흰색 후드티, 바지는 회색 추리닝 바지에 운동화를 신고 있었다. 다른 사람이 입었으면 누추해 보였을 그런 복장이었다. 키는 작았다.

승민은 회장의 가방이 궁금해져서 여회장이 앉은 자리를 보았다. 저 여자도 명품가방을 쓰고 있을까? 그 추측은 완전히 틀렸다. 그녀는 평범한 학생용 가방을 가지고 있었다. 가격은 5만 원 안팎의 학생들이 많이 쓰는 브랜드의 가방이었다. 그러나 그 가방에서는 품위가 느껴졌다. 회색빛 바탕에 톡 튀는 빨간색 상표가 강조된 가방이었다.

"일 년 동안 잘해보자, 진성아."

설아가 말하자 목소리를 들은 학생들 몇몇이 웃음을 터트렸다. 아기 소리 같기도 하고 돼지 멱 따는 소리 같기도 하였다. 승민은 그 목소리마저 매력적으로 느꼈다.

"응, 그래."

진성이는 대답하며 자기 자기로 돌아갔다.

화연이 앞문을 열고 들어와 강단에 선다.

"등교는 7시 30분까지입니다. 지각할 시 1,000원의 벌금을 걷기로 하겠습니다. 모인 돈으로 나중에 내 돈을 보태 고기를 먹도록 합시다."

김화연은 아이들이 좋아할 것이라 생각했으나 아무 반응이 없었다. 첫날이어서 그런지 학생들은 호응하지 않았다.

"그럼 오늘은 이만…."

"시간표는요?"

진성은 손을 번쩍 든 뒤 선생님에게 물었다.

"아 참, 시간표는 1주일간 임시 시간표를 쓸 거야. 칠판에 적어줄게."

화연은 칠판에 1주일 시간표를 적어준다. 그것을 열심히 아이들은 적는다. 몇몇은 핸드폰을 이용해 찍는다.

"자, 이제 다 썼지? 오늘은 이만 하고 내일 만나도록 합시다. 7시 반까지 꼭 오십시오. 이만 끝."

그렇게 첫날 오리엔테이션은 끝났다. 승민은 지하철을 타고 집으로 돌아가며 한 여자를 생각했다. '설아 참 예쁘던데, 난 공부해야 하니깐….'

뭐지, 저 까만 남자애는

설아는 아침 일찍 일어나 샤워를 했다. 따뜻한 물로 하는 샤워는 몸을 사르르 녹여 줬다. 아침 잠을 깨우는 가장 확실한 행위는 샤워임이 분명했다. 샤워는 설아의 가장 좋아하는 것 중에 하나였다. 어려서부터 샤워는 매일매일 해왔고 아침저녁 두 번씩 하는 날도 있었다. 설아는 샤워하며 회장이 되었다는 사실에 쾌재를 부르고 있었다. 설아는 회장이 되는 것이 샤워보다 좋았다. 학생들 사이에도 권력은 분명히 있다. 권력이라는 것은 누구나 잡고 싶어 하는 것이다. 그 권력을 설아는 좋아했다. 큰 소리로 아이들을 호명하는 것, 난로 온도와 에어컨 온도를 자기 마음대로 조종하는 것, 학생들을 대표하여 선생님께 안건을 건의하는 것 등등은 회장을 함으로써 얻을 수 있는 권력이었다.

그러나 그 권력만이 설아가 회장을 하는 이유는 아니었다. 회장을 하면 대부분의 애들과 쉽게 친해진다. 그것은 인기가 많은 애가 뽑혀서 그런 것도 있지만, 회장을 하면 애들과 마주쳐야 하는 상황이 많아진다. 그런 마주침을 통해 애들과 친해질 수 있다. 설아는 거기서 얻을 수 있는 '피할 수 없는 소통'을 원했다. 설아가 가장 원하는 것은 샤워도 권력도 아닌 친구들이었다.

샤워를 마치고 책상 앞으로 와 시간표를 보았다. 오늘부터 수업이 시작된다는 것을 생각하니 머리가 꽁꽁 얼어붙는 것같이 고통스러웠다. 국어, 수학 A, 수학 C, 수학 B, 과학, 논술, 과탐 이런 시간표를 보니 멘탈 붕괴에 빠졌다. 싫어하지는 않지만 지지리도 못하는 수학과 과학이 5시간이나 든 것이다.

시간표를 챙기고 옷을 입었다. 옷은 남색 A사 운동복 바지, 위에는 스웨터를 입고 겉옷은 약간 헐렁한 패딩 잠바를 입었다.

"엄마 10시 5분에 올 것 같아, 다녀올게."

설아는 배웅하는 있는 엄마를 향해 말했다.

"잘 다녀와라. 늦지 말고!"

학원은 아주 가까웠다. 신호등을 하나만 건너면 바로 학원 입구였다. 교실로 들어가니 시계는 7시 20분을 향해 힘차게 달리고 있었다. 10명 정도가 먼저 와있었다. 그런데 구석에 있는 한 까만 남자가 설아를 뚫어지게 쳐다보고 있었다.

'뭐지, 저 까만 애는.'

그 남자는 머리가 짧았고 눈이 컸다. 어른같이 외모가 삭아 보였다. 연예인을 닮았는데 누구인지 생각이 안 나는 그런 영화배우를 떠오르게 했다.

설아는 중간 맨 앞자리에 앉아 책을 보기 시작했다. 1교시 때 배울 국어를 뭐 배우나 보았다. 쓰기 영역을 먼저 배웠다. 쓰기 영역은 틀리면 바보일 정도로 쉽게 나왔기 때문에 시간을 얼마나 적게 쓰느냐가 관건이었다.

책을 보고 있으니 어느새 종이 쳤다. 선생님이 곧 들어왔다.

"우리 자리는 이렇게 앉자. 혼자 앉을 수 있는 자리를 구석에 3자리를 만들 거야. 그 자리에 앉고 싶은 사람이 앉자. 또 맨 앞자리도 앉고 싶은 사람이 앉을 거야. 나머지는 뽑기를 해서 정할 거고, 옆자리에 앉고 싶은 사람?"

"저요."
몇 명의 학생들이 손을 들었다.

"자리가 부족하니깐 가위바위보 하자. 옆자리 앉고 싶은 사람 가위바위보 해서 3명 뽑아."

5명이 가위바위보를 해서 이긴 세 남자 학생이 옆자리에 앉게 되었다.

"맨 앞자리에 앉고 싶은 사람?"

설아는 손을 들었다.

"그래, 설아야. 어디 앉을래?"
화연은 흐뭇한 미소로 묻는다.

"지금, 여기 이 자리요."
설아가 말했다.

"그래 공부하려는 그 열정 마음에 든다."

설아는 칭찬을 듣고 흐뭇해 했다. 설아에게 칭찬은 살아가는 원동력이었다.

“나머지 자리는 뽑기로 하겠습니다. 뽑기는 여기 만들어 왔으니 한 명씩 나와서 자기 자리를 뽑으십시오.”

자리 선정이 끝난 후 학생들은 자기 자리에 찾아갔다. 모두들 처음 만난 짝을 어색해 했다. 어색한 침묵만 흐를 뿐이었다. 설화는 조용한 교실을 뒤로한 채 물을 마시러 복도 정수기로 갔다. 그곳에서 친구 세 명을 만났다. 고등학교 친구 은영, 아림과 혜선이었다.

“안녕? 여기서 만나네.”

“어 회장, 아니 설아야. 여기 다녀? 재수하게 됐구나. 수능은 어떻게 봤어? 괜한 걸 물었나? 뭐 못 봤으니까 여기 있는 거겠지. 문과로 안 바꿨네. 수학 많이 힘들어했잖아.”

“걱정해줘서 고맙다.”
남자같이 무거운 음으로 삐죽거리며 설아가 말했다.

“넌 몇 반이니?”
혜선이 웃으며 묻는다. 같은 학원에 다니게 돼서 기쁜 모양이었다.

"나 20반이야. 이따 같이 점심 먹으러 우리 반 앞으로 와."

"응, 이따 보자."

설아는 교실로 와 수업을 들었다. 국어는 예상대로 쓰기 영역을 수업했다. 빠른 시간 안에 문제를 푸는 방법을 배웠다.
"쓰기 문제를 풀 때, 선지를 1번부터 5번까지 다 읽고 정답을 고른다. 그럼 저랑 내년에 한번 더 만나는 거에요. 조건만 보고 하나씩 지워나가야 됩니다."

수학 시간에는 수1의 행렬, 기백의 일차변환, 수2의 방정식과 부등식을 배웠다.

"행렬 연산의 가장 큰 특징은 교환 법칙이 성립하지 않는 것입니다."
수1 선생님인 박명수가 강조해 말하였다.

"일차변환은 행렬과 똑같습니다. 일차변환의 정의가 뭐

죠?"

기백 선생님인 기상호가 물었다.

"변환된 x, y가 변환되기 전의 x, y의 상수항이 없는 일차식으로 표현되는 변환입니다."

한 학생이 빠르게 암기한 것을 말했다. 정의를 말하는 것 정도야 하는 잘난 체를 하는 듯 보였다. 설아에게는 수2를 포함한 수학 시간이 정신없이 흘러갔다.

수업 도중에 설아는 아까부터 한 시선을 느끼고 있었다. 아까 아침의 그 남자가 수업시간 내내 자신을 쳐다보는 것이었다. 설아는 시계를 보는 척하며 뒤를 돌아보며 그 남자의 시선을 확인했다. 네 시간 동안 자신을 쳐다보는 것을 보고 자신을 좋아한다고 생각하였다.

수업을 다 듣고 점심시간이 되었다. 친구들이 교실 앞으로 찾아왔다.

"어떤 선생님이 우리 반에 와서 마술을 하더라?"

혜선이 즐거워하며 밝은 목소리로 말했다.

"무슨 마술?"

설아는 궁금한 척하며 물어봤다. 마술은 설아의 취향이 아니다. 마술은 속임수일 뿐, 흙색 잿빛을 무지개인 마냥 보여주는 것이었다.

"불꽃에서 장미가 나타나. 너무 예뻤어."

혜선은 황홀한 표정을 지으며 말했다. 설아는 재빨리 화제를 돌린다.

"그나저나 나 좋아하는 애가 있는 것 같아. 아침부터 수업시간마다 나만 쳐다봐. 까만 애인데 아저씨같이 생겼어! 공부는 되게 잘하는 것처럼 보이더라. 키는 175 정도."

설아가 자랑하듯 말한다.

"뭐? 벌써? 너무 빠르다."

아림이 웃으며 말한다. 4시간 만에 사람을 좋아하게 된다는 게 안 믿기고 웃긴 일이었다.

"누군지 이따가 알려줘라. 얼굴 한번 보고 싶다."

은영이 궁금해 했다. 설아는 은영에게 작은 몸을 업히며 말했다.

"밥 먹고 보여줄게, 기대해."

정면으로 마주 설 때까지

오늘도 승민은 밥을 혼자 먹었다. 급식실에서 밥 혼자 먹기는 꽤 괴로운 일이었다. 다들 재잘재잘 어찌나 할 말이 많고 시끄럽던지 급식실은 커다란 노래방 같았다. 그 속에서 승민은 우울히 혼자 자리를 잡고 밥을 먹었다. 군중 속 고독감, 그것을 뼈저리게 느끼고 있었다. 혼자 먹는 것처럼 보이지 않기 위해 일부러 혼자 먹고 있는 다른 사람 바로 옆에 앉아 밥을 먹었다. 옆에 앉은 애는 작고 못생겼다. 다행히 아직 처음이라서 그런지 혼자 오는 학생들이 꽤 많았다. 밥은 맛있었다. 대기업에서 운영하는 급식업체여서 그런지 맛과 품질 모두 최고였다.

밥을 먹고 와서 승민은 자리에 앉았다. 자리는 3번째 줄 맨 오른쪽 옆 끝자리였다. 그 자리는 성적을 올리기 위한 전략적 요충지였다. 짝이 없어 말을 안 해도 되는 사회적 특성을 지니고 옆이라서 선생님이 잘 보이는 지리적 특성을 갖는다. 또 혼자 앉아 자리가 넓어 책을 오른쪽 책상에 놓을 수 있는 넓은 평야를 가졌다. 다른 사람에게는 이상하게 보일지 몰라도 승민에게는 최고의 자리였고 절대 양보할 수 없는 곳이었다.

수학 책을 펴고 공부를 시작하려는데 우리 반 뒷문으로 여자애들이 몰려왔다. 시끄러운 소리가 들려왔다.

"어머, 재야. 외국인 닮았다."

한 여자애가 말했다. 승민은 뒤를 돌아보니 갑자기 여자애들이 말을 멈추고 모르는 척을 하는 것이었다.

'왜 내가 보니까 말을 멈추지. 분명 내 얘기하는 건데 나한테 왜 이러지? 그리고 나한테 안 들릴 거라 생각하나?'

승민은 설아를 보며 머리를 굴렸다.

'아, 여회장 친구구나. 아까부터 여회장이 나를 시게 보는 척하면서 자꾸 나를 쳐다보던데 혹시 회장이 나를 좋아하나?'

승민은 자신을 좋아한다고 착각하였다.

"괜찮다, 잘해봐."

설아 친구 중 한 명이 부러움과 약간의 조롱을 담아 말했다.

승민은 열심히 공부하는 척을 했다. 공부는 하나도 되지 않았다.

'저 예쁜 여자애가 나를 좋아하다니.'

승민의 가슴은 행복으로 가득 찼다. 예고 없이 찾아온 행복은 드넓은 코스모스 꽃밭에서 사진을 찍고 코스모스의 향을 맡는 것보다 향기로웠고, 무더운 여름날 한강에서 자전거를 탈 때보다 가슴이 쿵쾅댔으며, 겨울날 공원에 은은히 내리는 첫눈보다 설렜다.

"이게 바로 사랑인가?"

승민은 작게 말했다. 승민의 첫사랑은 아니었다. 고등학교 때 쓰디쓴 사랑을 여러 번 해봤기 때문이다. 승민은 공부는 안 되었지만 엄청 열심히 문제를 푸는 척을 했다. 승민은 오래간만에 행복함을 느꼈다. 그러나 고등학교 때의 사랑은 너무 쓰디쓴 열매였기에 이번에 찾아온 행복에 대해 거부감을 느꼈다. 아니 사랑을 두려워했다. 이번 사랑은 어떻게 상처를 줄까? 이런 두려움이 생겼던 것이다. 또 승민은 재수생이 아닌가? 재수생의 본분은 공부. 재수생 간의 사회적 지위는 오직 모의고사 등급에 의해 결정될 만큼 공부는 재수생에게 전부였다. 연애를 하는 것은 성적 하락의 가장 큰 원인이 될 수도 있었다.

여러 생각을 하던 중에 종이 쳤다. 김화연 선생님이 교실에 들어왔다. 보여줄 것이 있다고 한다. 마술쇼였다. 불이 났고 그 불이 장미로 변했다. 장미는 아름다웠다.

5교시 수업시간에도 설아는 뒤를 쳐다보았다. 이제는 대놓고 승민을 보았다. 그러고는 예쁘게 묶어있던 머리를 풀고는 긴 생머리를 유혹하듯 휘저었다. 영화에서 볼 듯한 유혹하는 장면이 눈앞에 펼쳐졌다.

'어, 뭐야 뭐 하는 거지? 저게 바로 유혹인가?'

설아는 영화 주인공처럼 예뻤다. 아이유를 닮았고 여왕의 품격을 지녔다. 승민은 다시 한 번 행복함을 느꼈다.

6교시 과탐 수업은 남상곤 선생님이 수업에 들어왔다. 과목은 생물. 생물은 승민이 전공하고자 하는 과목이다. 고등학교 때 유전자 조작을 통해 질병을 치료할 수 있다는 것을 배우면서 그런 쪽 일을 하고 싶어 했다. 사실 공부를 한 것도 다 이 꿈을 이루기 위해서였다. 어두운 밤하늘에서 반짝이는 밤하늘의 별이 꿈이었던 것이다.

허리를 꼿꼿이 세우고 눈빛을 반짝이며 수업을 듣기 시작했다. 가장 좋아하는 과목이다 보니 승민은 선생님께 잘 보이고 싶었다. 어색한 미소로 선생님을 쳐다보았다.

"학생, 무얼 보고 웃는 거지?"

상곤이 자신을 보고 웃고 있는 학생에 당황하여 물었다.

"아 그냥, 수업이 재밌어서요."

승민이 오늘 첫 번째로 대화를 했다.

"내 수업이 그렇게 재밌나?"

학생들이 웃었다. 학생들은 서로 얘기하지 않았지만, 방송의 방청객처럼 선생님의 농담에는 잘 웃곤 했다.

"…."

승민은 밝은 분위기를 이을 말을 생각했다. 모두가 승민의 말을 기다리는 순간 선생님이 말했다.

"착한 친구로군.

수업을 계속하자. 바이러스는 생명과 비생명의 중간 물질이다."

생물 선생님이 바이러스에 대해 설명했다.

"크하하하."

승민은 폭소했다. 생물 선생님은 승민의 웃음을 한 번

무시하며 바이러스의 특징을 가르쳤다.

"바이러스의 가장 큰 특징은 세포막이 없다는 점이야. 따라서 세포 구조를 갖지 않지. 세균과 비교해서 알아둬야 하는데 세균은 세포막이 있는 게 대부분이야. 시험에 나오니 잘 알아두도록."

"크하하하."

승민이 또 그냥 웃었다.

"계속 그렇게 웃을 건가?"

"죄송합니다."

선생님은 그래도 좋게 봐준 것 같았다. 그러나 설아를 비롯한 반 아이들이 승민을 이상하게 봤다.

수업을 모두 마친 후 자율 학습을 했다. 자율학습은 다른 반에서 했다. 20반을 다 섞어서 남녀 따로 교실에 배치됐다. 승민은 6반이 되었다. 자리는 지정석이었고 중간쯤에 앉았다.

군중 속의 정적을 승민은 두려워했지만 음악을 들으며 견디어 냈다. 노래는 가요를 들었다. 승민은 인디밴드의 노래를 좋아했다. 국민밴드로 유명한 밴드의 노래를 들으며 차분히 공부했다. 승민은 노래 없이는 공부를 할 수 없다. 초조해지고 불안해하고 이마에 땀이 나는가 하면 손이 떨릴 때도 있기 때문이다. 컨디션이 안 좋으면 호흡이 곤란해지기까지 했다.

승민은 자율학습 때 시간을 수학에 반 이상 투자했다. 이과생에게는 수학이 그만큼 중요했기 때문이다. 수학 기출문제를 계속 풀었다.

수학 기출문제를 몇 문제 푼 후 시간이 10시가 되었다. 종이 쳤고 학생들은 분주하게 움직였다. 승민은 짐들을 사물함에 갖다 놓기 위해 20반으로 올라갔다.

사물함 앞에서는 설아가 다른 학생들과 이야기를 하고 있었다. 첫날부터 친구를 사귀어 즐겁게 이야기를 나누고 있었다. 이야기를 나누는 남학생은 설아가 좋은지 웃음이 귀에 걸린 채 이야기를 하고 있었다. 승민은 설아와 눈을 마주쳤다. 계속해서 눈을 마주쳤고 승민은 설아가 마치 자기를 기다려준 것처럼 느껴졌다. 승민은 남자와 이야기하고 있는 설아를 바라보며 생각했다.

'네가 나를 바라보지 않아도 나는 너를 보고 있어. 너와 나 정면으로 마주 설 때까지.'

교육의 나침반

"우리 그럼 뽀로로 놀이하자."

"우와, 그거 엄청난 놀이다."

박승아 선생님의 반에서 아이들이 삼삼오오 모여 놀고 있었다. 아기공룡놀이를 하러 아이들은 우르르 몰렸다.

"내가 루시."

"그럼, 난 피밧이다."

크게 자기 캐릭터를 소리친다. 마치 어른들이 자신의 직업을 고르듯 열정적으로 아이들이 역할을 정했다.

승아가 가르치는 학년은 1학년이다. 아직 무엇을 해도 서툰 어린 아이들이다. 필기를 시작하지 않은 노트처럼 깨끗하고, 연한 연필로 쓴 글씨처럼 고치기 쉬웠다. 그런 아이들 속에서 승아는 오늘도 전쟁 같은 하루를 보내고 있다. 아기공룡놀이를 하던 중 크롱이라는 이름의 공룡을 맡은 아이가 루시 역을 맡은 애를 물었기 때문이다. 민승이는 덩치가 비교적 큰 남자애였고, 물린 애는 여린 여자아이였다.

"민승아! 애를 물면 어떡해?"

승아가 소리쳤다. 소리는 가청음역대의 가장 높은 언저리를 맴돌았다.

"선생님, 얘 똥쌌어요."

'민승이로 정신이 없었는데 똥이라니.'

승아는 깜짝 놀랐다.

"뭐라고? 이건 또 무슨 소리니? 이리 나와봐. 민승이 너 거기 서 있어!"

승아는 민승이를 세우고 승철과 함께 화장실로 갔다.

"승철아, 빨리 화장실로 가자. 똥을 왜 쌌어?"

승아는 아이를 닦달한다.

"선생님이 수업에 움직이지 말라고 해서요."

승철이가 울먹이며 말했다. 눈이 빨개지고 입이 씰룩였다. 아이는 선생님이 움직이지 말라는 말에 똥이 마려운데도 아무 말 없이 자리에만 앉아 있었던 것이다.

"똥이 마려우면 마렵다고 얘기를 해야지. 네가 유치원생이야!"

승철이는 울기 시작했다. 승아는 아이의 바지와 팬티를 벗기고 물로 씻어줬다. 많이 싼 것은 아니라서 금방 씻길 수 있었다. 똥 묻은 팬티를 물과 비누로 대강 빨았다. 아이의 바지를 입힌 뒤 아이를 데리고 교실로 갔다. 이미 쉬는 시간이 끝나고 아이들은 자리에 앉아 있었다. 민승이는 그 자리에 그대로 서서 웃고 있었다.

"민승이 너 친구 물면 잘못된 건지 알아 몰라?"

승아는 신경질적으로 아이를 몰아붙였다.

"알아요. 그런데 아기공룡놀이 중이었어요. 내가 공룡이었다고요."

민승이는 변명했다.

"놀이면 다야, 어?"

또 승아는 높은 진동수를 가진 음을 냈다.

"친구와는 서로를 아껴주면서 지내라고 했잖아. 약한 아이 괴롭히는 치사한 아이가 되면 안 된다고 몇 번을 말해야겠니. 자신보다 약한 애를 감싸주고 많이 있으면 나눠주고 친구들이 모르는 문제가 있으면 가르쳐서 비겁한 사람이 되지 말아야 한다고 몇 번을 말해야 알겠어! 이 자식아."

승아는 애들을 혼날 때 언제나 이 말을 했다. 이 말만큼은 낮은 음색으로 진지하게 말했다.

승아는 애들을 잘 가르쳐야 병든 사회를 고칠 수 있다고 믿었다. 사회가 똑똑한 놈들의, 강한 놈의, 많이 가진 사람들의 것이 되는 게 싫었다. 잘난 자들이 자신만을 위해 살아가는 사람들은 병든 사과 안 벌레들처럼 사회의 과실을 좀 먹어갈 것이라고 생각했다. 승아는 사회의 문제는 더 똑똑해지려는, 더 많이 가지려는, 더 강해지려는 의지의 충돌 때문에 생긴다고 보았다. 남을 밟아야만 올라설 수 있는 경쟁사회는 그런 것들을 부추겼다. 수능 전국 1등을 한 아이의 이야기가 뉴스에서 신화처럼 방송된다. 부자들의 화려한 삶의 이야기는 드라마의 주를 이룬다. 그런 이야기는 우리의 삶과 유리되어 있다. 더 느리게, 사람들을 위해, 낮은 곳을 향하는 것, 그것이 승아가 추구하는 교육의 나침반이었다.

"내 말 잘 들었지? 너희도 마찬가지야. 내 말 명심해. 약한 사람을 위해, 낮은 곳을 향해, 더 느리게."

아이들이 전부 이해하지는 못하겠지만, 승아는 아이들에게 밥 먹듯이 하는 이 말을 또 했다.

"네."

아이들이 동시에 크게 말했다.

4교시의 수업이 끝난 후 승아는 빨래를 끝냈을 때와 같은 후련함으로 1학년 선생님과 만나서 차를 마셨다. 옆반 선생님으로 올해 이 학교에 발령받은 선생님이었다. 나이대가 승아와 비슷하여 이야기가 잘 통했다.

"오늘 애가 똥을 쌌지 뭐에요. 내가 수업시간에 가만히 있으랬다고 화장실도 안 가고 가만히 있다가 푹 하고 싸버렸네요."

어이없어하며 승아는 말했다.
"쯧쯧, 왜 얘기를 안 했을까? 아이, 불쌍해라."
미옥이 혀를 차며 불쌍해 했다. 조금의 정적이 흘렀다. 그 정적을 깬 것은 미옥이었다.

"그 집 아들은 요즘 뭐 하고 지내요?"
미옥이 승아에게 불쑥 물어봤다.

"J학원에서 재수해요. 꼭 의대를 가고 싶다나. 그냥 대학 들어가라니깐 내 말을 안 듣고."
승아는 녹차를 마시며 말했다. 커피는 아침이 아니면 마시지 않는다. 밤에 잠이 오지 않기 때문이다. 대신 몸과 머리에 좋은 녹차를 마신다.

"공부 잘하나 봐요. 좋겠다."
좋겠다고 말하며 부러워하는 것처럼 말한다. 승아는 예의로 한 말이라는 것을 알고 있다.

"뭐가 좋아요? 차로 데려다 주지, 데리러 가지. 집에 오면 안마해 달라 하지. 고3 때보다 더 힘드네요."

승아는 한숨을 쉬며 말한다.

"우리 아들은 이번에 해병대를 간다고 하네요. 말려보려 했지만 그 힘든 일을 왜 한다는지 모르겠어요."

미옥에게서 아들을 해병대로 보낸다는 걱정과 자부심이 동시에 느껴졌다. 해병대를 가는 것은 매우 힘들고 위험한 일이지만 해병대를 나왔다는 것은 남자다움의 상징이기도 하였다. 그 힘든 일을 견뎌낸 기억은 앞으로의 삶의 자부심과 버팀목이 되어 준다.

"그 집 아들도 사서 고생이네요."

승아는 아들이 고생한다는 점에 공감대를 형성하며 말을 했다.

"아들이 대학을 잘 가야겠네요. 걱정이 많이 되겠어요."

"저는 아들이 대학 꼭 안 가도 돼요, 고졸로 잘사는 사람이 얼마나 많은데요. 대학이 밥 먹여주는 시대는 이제 끝났죠. 제가 고등학교 때 왜 그렇게 애를 공부하라고 닦달했는지 그게 후회되네요."

선생님들의 대화는 계속되었다. 승아는 사회가 더 낮은

곳을 향하고, 약한 사람을 위하고, 더 느리게 되기를 바랐다. 사회는 그 반대로 가고 있다. 빈부 격차는 점점 커지고, 기부문화는 저조하고, 언제나 더 빠른 것들을 위해 가고 있었다. 승아는 그런 사회에 반감을 가지고 있었다. 특히, 일류 대학을 나와 잘난 체하는 사람이 싫었다. 아들을 그렇게 만들고 싶지 않았다. 그러나 자신의 못다 이룬 꿈이 있었다. 그 소중했던 꿈을 아이가 이뤄주기를 바랐다.

승아의 어릴 적 이야기는 다음과 같다. 승아는 경상도 함양이라는 작은 촌에서 태어났다. 지리산의 밑에 있는 전형적인 시골이었다. 승아의 가족은 1남 6녀였고 그중 승아는 6번째로 태어났다. 승아의 부모는 가난한 시골 농부였는데 농사를 지어 생계를 유지했다. 승아는 어려서부터 위의 다섯 누나의 옷을 물려 입고 책도 물려받았다. 초등학교와 중학교를 집 근처에서 다녔다. 학생일 때 집에서 농사를 지어야 했으나 공부하기를 좋아했고 짧은 공부하는 시간 동안 집중력을 발휘하여 많은 것을 공부하였다. 이 촌스러운 학생은 중학교에서 우수한 성적을 받았다. 그래서 고등학교는 진주라는 도시에서 다니게 되었다.

1남 6녀라는 비대칭적인 남녀 구조에서 가족들의 사랑은 유일한 남자아이인 박승수에게 집중되었다. 장난을 치다 같이 혼날 상황에서도 언제나 승수는 제외되었다. 이

같은 교육 때문에 성격은 기형적으로 변해 자기중심적인 사람이 되었다. 승수의 옷과 책은 모두 새것이었다. 힘든 농사일에서도 제외되어 공부할 시간이 많았다. 모두 유일한 남자라는 이유에서였다. 집안의 든든한 지원 속에 공부하였고 한국의 최상위권 대학인 K대에 합격하였다. K대는 사립대로 등록금이 비쌌다. 승아의 부모는 이를 대기 위해 집의 돼지와 송아지를 팔았고 그 돈을 더해 등록금을 낼 수 있었다.

승수의 합격 이후 1년 후 승아의 대입이 시작되었다. 승아는 7시에 집에서 나가 12시에 들어오는 생활을 1년 동안 하루도 빠지지 않고 한 후 시험을 봤다. 시험을 본 후 승아는 울었다. 그렇게 열심히 공부한 것치고 너무 허무했기 때문이다. 겨우 이런 것을 위해 이만큼 열심히 공부했냐는 생각을 했다. 시험은 잘 봤다. 그러나 이 허무함을 달래줄 감정은 기쁨이 아닌 억울함이었다.

승수는 대학에 합격한 후 망나니처럼 놀아댔고 장학금을 받지 못했다. 학비는 부모가 감당할 몫이 되었고 그 돈을 벌기 위해 가족은 눈물겨운 생활을 했다. 그 와중에 승아 역시 오빠가 다니는 K대에 합격했다. 승아의 부모는 대학을 보내줄 여건이 못 되었기에 K대 대신 학비가 싼 국립대인 교대에 다니라고 했다. 승아는 영어를 배우려는 꿈을 접고 가족이 원하는 교대에 갔다. 승아는 그렇게 선생님이 되었다. 한편, 승수는 K대 출신이라는 이름표로 한국 최고 대기업에서 스카우트를 해 그 기업에 취업했고 이사까지 되었다.

승아는 K대학을 못 간 것이 한이 되었지만 후회하지는 않았다. 교대를 가지 않았으면 지금 남편을 만나지 못하였고, 아들과 딸도 없을 테니깐.

그래도 승아는 그 한을 풀기 위해 아들에게 공부를 시켰다. 자기를 닮아서 영특하게도. 고2 때까지 별 말썽 없이 공부를 잘해냈다. 1학년까지 내신 전교 2등을 유지했고 2학년 때 내신이 전교 10등대로 떨어졌으나 수능 모의고사에서 전교 2등을 하여 희망을 주었다. 그러나 아이의 쾌속 질주는 계속되지 못했다. 사춘기가 온 것인지 고3 때부터는 공부를 하지 않았다. 밖에 나가서 안 들어오고 집에서는 드라마를 보거나 잠을 잤다. 엄마와 아들의 싸움은 이러한 태만 때문에 시작되었다. 승아는 잔소리하기 시작했고 승민은 소리를 치며 자신을 건들지 말라고 위협했다. 승민은 엄마가 계속 잔소리를 하자 집 안의 물건들을 집어던지며 부숴버렸다. 방으로 들어가 문을 잠그고 문을 발로 쾅쾅 쳐 밑을 부셨다. 아들은 엄마한테 나를 좀 내버려 두라고 비명을 질러댔다. 이러한 사건들로 아들과 엄마의 마음의 문은 굳게 닫혔다. 어느 하루는 승민이 집에 혼자 있자 대문을 잠가 가족이 아무도 못 들어 오게 하였다. 가족은 추운 밤을 집 밖에서 지내게 되었다. 승아는 자신의 기억 때문에 아들을 대학에 보내려는 것에 대해 다시 생각해 보았다. 이런 싸움을 계속되는 것이 싫었다. 자식이 원하는 삶을 살게 해야겠다는 생각이 스쳤다. 승아는 승민이 공부를 하더라도 자신의 기대 때문이 아닌 자기 자신을 위한 공부를 하게 하고 싶어졌다. 그러한 생각 때문에 그날 이후로 승아는 승민의 입시에 대해 간섭하지 않았다.

누구보다 빠른 공부

오로지 공부만을 했다. 남자, 여자 모두 공부를 하며 초집중 상황이 계속됐다. 둘 간의 연애 역시 계속되었다. 마냥 좋기만 한 재수는 아니었지만, 열심히 하는 재수는 맞았다. 그런 재수 생활이 계속되었고 성공을 할 수 있을 만한 요소를 끝까지 쟁취하는 사람이 승리를 맞이하는 시험 하나하나가 계속됐다.

시간은 빠르게 흘렀고 결국 누가 이기느냐는 실력과 행운 약간에 달리게 되었다. 학생들 모두 열심히 공부했고 다 성공적인 1년을 보냈다.

시간은 계속 흘러 어느덧 재수의 막바지에 이르렀다.

'우리 함께한 시간처럼 영원히 함께하자.'

친구들은 이런 말을 속으로 되뇌었다.

벚꽃이 흐드러지게 지는 날

해는 지고 어둠이 조금씩 밀려왔다. 석양이 비치는 하늘은 황금빛으로 물들고 있었다. 마치 추수를 기다리는 벼들처럼.

모던하고 심플한 학원 앞에서 설아와 승민은 만났다. 학원의 입구는 불이 켜져 있었다. 그들의 순간을 환히 비쳐주고 있었다. 승민은 기력을 다한 모습으로 설아와 마주보고 있다. 승민은 절망적인 표정을 지으며 말한다.

"나 시험 망했어…. 내가 가진 꿈 앞에 당당해지고 싶었는데 이제 다 물거품이 될 것 같아."

설아는 단호하게 말했다.

"아니야. 틀렸어. 넌 시험도 못 보고 생각마저 틀리네."

승민은 여전히 힘없는 표정과 말투로 말한다.

"뭐가 틀렸어? 내가 가진 꿈은 나의 희망의 등불이었어. 없으면 나의 아무것도 없는 것이나 마찬가지야. 좋은 대학을 못 가면…."

설아는 진심을 말했다. 이런 진심은 누구에게도 말한 적이 없다. 자신의 확고한 철학을 승민에게 꼭 말해주고 싶었다. 어쩌면 마지막일 수도 있다는 생각을 하면서.

"넌 사람을 점수로 판단하더라. 그 점수로 사람들을 등급을 매기고 대학을 서열화하고 마치 밟고 올라서야 할 계단처럼."

승민은 당연하다는 듯 말한다. 남은 힘을 다 써서 절망하며 말했다.

"누구나 마찬가지 아니야? 사회가 그렇게 만들어져 있다고."

설아는 자신의 말이 적도에서의 나비의 날갯짓처럼 승민을 바꿀 수 있기를 바라며 말했다.

"틀렸어. 중요한 건 너의 대학이 아닌 꿈이야. 너의 그 큰 꿈으로 사회에 부딪혀봐. 네가 가진 것은 돈도, 사랑도, 외모도 아니잖아. 유일하게 가진 너무 소중하게 빛나는 그

꿈을 이뤄서 세상에 보여줘. 성적이 자기보다 낮다고 너를 깔보던 그 친구, 너의 꿈을 비웃은 선생님, 너를 무시한 사람들한테. 누구보다 밝게 빛나는 거야."

승민은 힘이 없어 말을 하지 못했다. 시험은 못 봤지만 완주한 마라톤 선수들처럼 최선을 다한 시험이었다. 설아가 계속해서 말했다.

"네가 목숨보다 중요시하는 등급은 너의 꿈을 1%도 담지 못해. 난 같이 재수하는 동안 봤어. 너의 열정과 노력을. 너는 아니 우리 모두는 차가운 등급으로 평가받기에는 너무나 소중한 사람들이야. 그런 소중한 꿈을 등급 때문에 잃는다는 것은 말도 안 되는 이야기야."

승민은 설아의 서툰 충고를 듣는다. 승민은 감사의 말을 전했다.

"고마워. 큰 위로가 된다. 하지만 그 사람들은 절대 변하지 않을 거야. 대학으로 남을 평가하는 그들은."

설아는 다시 한 번 단호하게 잘못을 꼬집는다.

"아니야. 이건 위로가 아니야. 네가 앞으로 꼭 가져야 할 삶의 자세야. 사람을 점수로 평가하지 말고 꿈으로 평가하는 것."

승민은 힘이 없어 계속 듣고 있다. 설아는 자신의 말이 승민의 인생을 태풍처럼 흔들 수 있게 어느 때보다 진지한 표정으로 이야기를 계속했다.

"나는 사람을 평가할 때는 그 사람이 가졌을 슬픔을 봐. 누구는 사람을 외모로 평가하고, 누구는 사람을 등급으로 평가하더라. 그것보다 가치 있는 평가 기준은 '꿈'이야. 그러나 그것보다 큰 가치는 슬픔이야. 왜냐하면 그 슬픔을 이겨냈을 때의 감동은 단순한 꿈을 이뤘을 때를 초월하거든. 나는 너무 큰 슬픔을 겪었어. 수많은 헤어짐, 낙방과 무시당함, 그것을 견디고 이룰 꿈을 언제나 생각하고 있어. 그 순간을 위해 앞으로 살 거야."

승민은 설아의 말을 듣고 과거를 회상했다. 승민은 처음 만났을 때의 느낌을 아직 지울 수 없었다.

'맞아, 너한테서 나는 슬픔을 봤어. 처음 봤을 때의 애잔함을 나는 잊지 못해.'

작은 목소리로 승민은 말한다.

"그렇구나. 그럼 너의 꿈이 뭔데?"

설아는 수줍게 고백했다.

"너랑 결혼하는 것."

승민은 깜짝 놀라서 묻는다.
"나 같은 애랑 왜?"

수줍어서 얼굴이 빨개진 채로 설아가 확신에 차 말했다.
"사랑하니까."

승민은 얼굴이 빨개진 채 한참을 고민했다. 고민 끝에 결정을 내린 듯한 표정으로 말했다.
"나도 사랑해. 그럼 기다려줘. 나의 꿈을 다 이룬 후 너를 찾을게. 지금 나의 모습으로는 너를 사랑할 수 없을 것 같아. 내 마음을 이해해 줄 수 있어?"

설아는 당황했다. 하지만 곧 평정심을 되찾고 작게 말했다.
"조금은, 하지만 나는 지금 너의 모습도…."

승민은 설아의 말을 잘랐다. 승민은 확고한 표정으로 말했다. 먼 석양을 보면서 말했다.
"그럼, 꼭 기다려 주는 거다."

설아는 결심한 듯 말한다.

"기다릴게. 몇 년이 지나도 아니 몇십 년이 지나도, 아니 몇백 년이 지나도."

승민은 해가 떨어지는 모습을 계속 쳐다본다. 설아의 시선을 피했다.

"나 떠날 거야."

설아는 자신의 귀를 의심했다. 그리곤 시험을 못 본 학생이 성적표를 확인하듯 물었다.

"학원을 끊는다는 말은 하지 않겠지?"

승민은 설아를 마주 보고 말했다. 눈을 똑바로 맞추고 마지막 말을 했다.

"난 학원을 끊을 거야. 너랑 있으면 북극의 빙하처럼 내 마음이 무너져. 앞으로는 혼자 공부해야지. 그게 서로에게 좋을 테니깐. 몇백 년이 지나도 기다린다는 말 잊지 않을게. 내가 자신 있게 너 앞에 설 수 있는 해, 봄에 수만 개의 벚꽃이 눈앞에서 흐드러지게 떨어질 때 그때 너 앞에 다가갈게. 어떤 별의 빛보다 밝고 뜨겁게… 잘 있어. 그날이 빨리 왔으면 좋겠다."

"동정심은 사랑이 아니야. 넌 날 사랑한 게 아니라 동정

한 거야."

"아니야. 내 말을 들어봐. 너를 처음 봤을 때 너는 모자란 바보였어. 너는 바보 같은 실수로 내 도시락을 깨버렸고, 소심하게 나한테 좋아한다는 말도 하지 못했어. 매일 하고 있던 공부에 비해 성적은 꼴등이었고, 얼굴도 잘생기지 않았어. 왠지 하는 일마다 실패하는 것 같아 보였어. 하지만 그런 모습이 왠지 나한테는 더 소중하게 다가왔어. 완벽하게 일을 성공하는 것보다 실패하고 좌절하며 훨훨 털고 일어서는 그런 모습이 나는 더 좋아 보였어. 실패한 너를 보는 애틋한 감정은 너를 더 특별하게 만들어. 그 애틋한 감정 때문에 더 깊이 사랑할 수 있는 거야. 중년의 부부들이 말하잖아. 불쌍해서 살아준다고. 그와 같은 감정이야."

'한'이라는 말을 이해하나요? 고등학교 국어선생님이 교과서에 나오는 한을 자기는 무슨 말인지 모르겠다고 하신게 생각납니다. 시에서 나오는 한국인의 가장 대표적인 정서인 한을 선생님께서 그걸 가르치면서 자신은 잘 이해하지 못한다고 했죠. 저도 한이란 거에 대해 그때까지 잘 이해 못 했습니다. 하지만 저는 이제 한을 알 것 같습니다. 명문대에 계속 도전했으나 떨어진 것, 4수나 했으나 번번

이 고배를 마신 것, 사랑하는 사람이 내 앞에 찾아왔는데 잡지 못했던 것. 나를 사랑하는 사람을 사랑하지 못한 것. 화를 참지 못해 사람을 때린 것. 분노를 이길 수 없어 나 자신을 버린 것.

한은 한국의 뿌리가 되는 정서입니다. 강점기, 분단, 전쟁, 강제 노역을 겪으면서 한의 민족이 되었죠. 그러나 우리는 그것을 이겨내고 계속 정진해왔습니다. 어려움을 겪고 일어나 잡초처럼 앞을 향해 한 걸음 한 걸음 나아갔습니다.

분노의 힘을 믿습니까? 저는 슬픔의 힘을 믿습니다. 이 슬픔의 힘이 저만의 가장 큰 무기입니다.

운명의 9회

원볼

대통령배 고등학교 야구대회의 결승 전날, 민재는 배팅 연습에 한창이다. 그는 중학교 때부터 시작한 야구 후 배팅 연습을 게을리한 적이 없다. 언제나 연습에 성실하게 참여하는 것, 그것이 그의 사명이었다. 시즌 때의 레알 마드리드 소속 호나우도처럼 연습하였다. 운동은 오전, 오후 두 타임을 한다. 오전은 9시부터 12시까지 주로 수비훈련을 하고 오후 연습은 1시부터 6시까지 진행된다. 그런 훈련을 3년 동안 하였다.

야구는 타격 센스가 중요하다. 많은 연습이 필요하지만, 타격 센스가 없이는 프로에서 통하지 않는다. 민재는 스스로 타격 센스가 있다고 믿는다. 지금은 비록 대타지만 나

중에 프로에서 4번 타자로 뛸 자신을 생각하며 하루하루를 참아 냈다. 자신에게 다가올 단 한 번의 기회를 위해 배팅볼을 쳤다. 오늘은 코치에게 낮은 볼을 던져주라고 부탁했다. 낮은 공을 치는 배팅으로 오전 훈련을 마쳤다.

오후 훈련 시간엔 내일 결승 게임 전략을 위한 팀미팅이 있다. 이 코치가 나와 말을 한다.

"우리는 야구 명문이 아니다. 강한 투수도 없고 4할 타자도 없다. 그러나 4대 0으로 지고 있는 8회에도 목숨을 바쳐 1점을 내려는 시도를 한다면 쉽게 지지 않을 것이다. 내일 상원고가 앞서고 있을 경우 9회에 나올 상대 팀 투수는 마무리 유창식이다. 그는 직구가 150㎞에 다다르고 슬라이더는 140㎞대, 커브를 130㎞대로 던지고 결정구를 슬라이더로 던지는 투수다. 이번 대회에서 방어율 1점대를 기록하고 있는 만큼 치기가 어려울 거야. 그러니 우리는 8회가 마지막 회라고 생각하고 경기에 임하도록 하자. 내일 경기 선발을 발표하겠다."

혹시나 하는 마음에 민재는 귀를 기울였지만 역시 선발에는 들지 못했다. 다만 대타 요원으로 리스트에 들었다. 민재는 이번 대회 내내 선발 명단에서 빠졌다. 토너먼트 대회를 치르는 동안 대타 요원으로 들어가서 10타수 3안타를 쳤다. 좋은 성적은 아니지만, 짝사랑하는 상대가 나를 좋아하기를 바라는 심정으로 내심 선발에 들기를 바랐다. 하지만 역시나 들어가지 못했다.

"이번 대회는 우리 야구부의 명예와 너희들의 진학문제가 걸린 중요한 기회이니깐 너희들의 모든 것을 공 하나에 걸도록 해라. 이만 끝."

이 코치가 걸어 나갔다. 선수들도 하나둘 미팅 룸을 걸어 나갔다. 민재도 걸어 나왔다.

'나에게 한 번의 기회가 주어지기를.'

경기 당일이 되어 둔촌고와 상원고의 게임이 시작되었다. 처음에는 경기가 술술 풀렸다. 둔촌고는 3회까지 4대 0으로 앞서갔다. 그런데 5회에 상원고의 반격이 시작됐다. 상원고의 4번 타자가 이 2사 만루 상태에서 등장했다. 투수는 힘겨운 승부를 하다가 볼을 너무 많이 던져 밀어내기 볼넷을 허용했다.

'겨우 1점인데 뭐….' 민재는 생각했다.

다음 타자는 2할 5푼의 비교적 만만한 상대였고 투수는 한가운데 직구를 던졌다. 타자는 그 공을 정확히 맞춰냈고

3타점 2루타가 되었다. 4대 4 동점. 경기는 알 수 없게 돌아가게 되었다.

7회에 또 위기가 왔다. 선두타자가 안타를 치고 나갔고 다음 타자가 번트를 대서 1사 2루가 되었다. 다음 타자에게 안타를 맞고 경기는 5 대 4가 되었다. 7회, 8회 모두 득점 없이 경기가 종료되었다.

9회가 시작되기 전 코치는 선수들을 모아놓고 말했다.

"우리는 전략상 졌다. 우리는 8회까지 승부를 봤어야 한다. 하지만 우리의 야구에 대한 열정은 전력에 포함되지 않는다. 한 팀이 된 우리의 화합도 측정되지 않는다. 전력을 뛰어넘어라. 영광의 순간이 너희들에게 있느냐? 그것을 오늘 만들어 봐라. 오늘을 그 순간으로 만들어 보란 말이다."

주장이 선창했다.

"둔촌."

"화이팅."

선수들이 외쳤다.

상대는 유창식. 프로에서 1차 지명될 정도의 가장 강력한 투수이다. 슬라이더가 무기고 150㎞ 공을 던진다. 하지만 둔촌고의 타자들에게 방심했다. 먼저 나간 4번 타자가 안타를 쳤다. 5번 타자는 플라이볼로 아웃. 다음 타자는 볼넷을 얻었다. 1사 1, 2루 상황에서 다음 타자가 평범한 땅볼을 쳤다. 땅볼은 1루 쪽으로 향했고 1루수가 잡았다.

"병살시켜." 상원고 선수들이 외쳤다.

2루로 던졌으나, 1루 주자는 죽을 힘을 다해 달려 2루에서 세이프가 되었다. 그러나 1루 주자는 아웃이 되었다. 이제 상황은 2아웃 2루, 3루. 감독이 민재를 부른다.

"준비해, 이민재. 네가 대타 중 타율이 제일 높다. 네가 연습한 것을 보여줘. 너를 믿는다. 하지만 사인을 보내면 그대로 따르도록."

"네, 알겠습니다."

민재는 생각했다.

'저 투수는 종으로 떨어지는 슬라이더를 주무기로 구사한다. 이를 여러 번 쓸 것도 확신한다. 따라서 첫 번째 슬라이더가 오면 헛스윙을 해서 상대를 안심시킨 후 가장 중요한 순간 다시 슬라이더가 오면 제대로 때려 장타를 노리자.'

민재는 타석에 올라갔다. 긴장되었고 그동안 열심히 한

것이 생각났다. 프로 선수가 되고 싶은 꿈도 함께 생각났다. 집에서 보고 있을 부모님과 누나 생각이 났고. 꼭 치고 싶었다.

1구가 날라왔다. 심판이 오른손 검지를 세운 채 오른쪽을 가리키며 외쳤다.

"스트라이크."

배트를 휘두르지 않았다. 슬라이더를 기다린다. 두 번째 공이 들어왔다. 이 공은 슬라이더였고 확실히 밑으로 오는 게 느껴진 순간 배트를 휘둘렀다. 선풍기처럼 배트가 돌았고 헛스윙이 됐다. 민재의 작전대로 되고 있었다. 투수는 자신감을 가지게 된 것 같고 이제 스리 볼이 들어오는 것을 참아내는 것이 어려운 일이 됐다. 투 스트라이크 이후에는 스리 볼까지 거의 볼이 들어온다. 이는 타자도 투수도 알고 있는 거다. 3구.

"볼."

혹시나 스트라이크가 들어올까 봐 무서웠지만 잘 참아냈다. 구종은 커브, 높은 공이었다. 4구.

"볼."

수리 문제를 다 풀고 검산을 안 한 것 같은 느낌이 들었다. 볼이 들어올 수도 있잖아?라고 마음속에서 속삭였지만, 자신의 판단을 계속 지켜나갔다. 5구.

"볼."

이제 놓칠 수 없는 기회가 찾아왔다. 몸은 흥분했다. 선생님이 낸 질문을 답을 혼자 알고 대답하려 손을 드는 기분이 들었다. 겉으로 평온해 보이려고 했고 안으로는 침착하고자 했다. 상대는 분명히 종으로 떨어지는 슬라이더를 던질 것이다. 아까 나온 직구보다 느린 타이밍을 잡아야 하고 밑에서 위로 퍼올리는 식으로 스윙을 해야 한다. 어제 연습한 500개의 타구를 스윙한 것처럼.

그때 타자 코치가 오른쪽 귀를 만진다. 이것은 스윙을 하지 말고 포볼을 노리라는 지시였다. 고민은 짧게.

투수가 와이드업을 한다. 왼손이 하늘을 향하다 밑으로 내려오며 릴리즈 포인트에 닿았다. 공은 손을 빠져나와 직구와 비슷한 궤적을 그리며 다만 조금 느리게 날라온다. 슬라이더임을 직감한 민재는 밑에서 위로 공을 퍼 올리는 스윙을 한다. 퍽 하는 소리와 함께 공이 날아간다. 높게 멀리 날아간다. 민재의 꿈처럼 멀리, 높게.

원 스트라이크 원 볼

대통령배 고등학교 야구 대회 1년 후.

저녁 때 켜놓은 아파트 복도의 가로등 불빛이 아침햇살처럼 눈부시게 들어오는 새벽아침 엄마가 깨운다.

"엄마 출근할 테니 곧 일어나서 밥 먹어."

"응, 일어났어."

민재는 4분 있다가 일어나서 밥을 먹는다. 운동하고 나서 먹던 밥에 비하면 밥맛이 없다. 고등학교 때가 좋았지라는 생각만 머릿속에 맴맴 돈다. 민재는 야구로 대학교에 가지 못했다. 대통령배 대회에서 마지막 타자로 나와 홈런을 쳤다면 달라졌을까라는 푸념을 매일 한다. 마지막으로 친 공은 홈런이 될 수 있는 거리 2m 정도 앞에서 라인드라이브로 플라이 아웃 됐다. 자신의 노림수가 맞았지만, 힘이 부족했기 때문이었다. 조금만, 조금만 더 세게 맞았더라면, 연습을 조금만 더 했더라면 더 날아갈 수 있었을까.

친구에게서 전화가 왔다. 그 친구는 둔촌고 4번 타자였던 김수빈이다. 그는 대회 후 프로팀에 들어갔고 야구선수가 됐다. 대한민국 프로야구에서 가을야구에 단골로 나가는 D팀의 2군 선수가 되었다. 2군 리그에서 잘하고 있지만 1군으로 갈 연습 기간이 부족하다는 게 2군에 머물게 된 이유다. 고등학교 때에 쌓은 친분 덕분에 한 명은 대학생, 한 명은 프로라는 다른 직업을 가지고 연락을 하고 있다.

신나게 수빈이가 말했다.

"야, 뭐 해? 나 어제 2홈런 쳤다. 한 경기 연타석!"

민재는 수빈을 어부바해주듯이 말했다.

"어, 난 2연병 했어."

교만한 느낌이 드는 수빈이의 말이 민재의 가슴을 한쪽을 찌른다.

"2연병? 스타 아직도 하는구나? 크크. 어떻게 이겼냐? 벙

커러쉬로?"

카스트제도처럼 게임판에도 계급이 있다. 민재는 게임에서는 브라만 정도 되는 위치에 있다.

"어, 레더에서는 웬만하면 안 지니깐."

수빈이 게임에서 허우적대는 민재를 끌려 올려 준다.
"할 일 그렇게 없냐? 내가 좋은 자리 알고 있는데 궁금해?"

"어 그게 뭔데?"

"GT 볼보이."

"아, 그렇구나. 해볼까?"

"팀에 배팅걸 이런 거 다 포함해서 네 자리 있는데 두 명이 일을 관뒀어. 새로운 볼보이를 찾고 있는데, 면접을 보긴 봐야 할 거야. 근데 너 경력이면 볼보이는 쉽게 되지 않을까. 스타하는 것보다 좋아하는 거 가까이서 보면서 돈 버는 게 좋지 않겠어?"

"아, 하고 싶기도 한데, 야구는 이제 접고 싶은데 tv에 나와도 안보고 캐치볼도 안 해."

"경기당 5만 원이니깐 3시간 야구 한다고 치고 시급으로 환산하면 16,000원이네. 이건 거의 황제다 황제."

야구가 너무 좋았다. 하지만 하지 못했다. 그래서 너무 하고 싶었을 때도 있었다. 그런데 하지 못해서 인생이 너무 고달팠다. 하고 싶은 것을 직업으로 못 하는 것 그것만큼 한심한 것이 없었다. 그런 것을 멀리서 바라본다?

"아, 그런가. 담당자 전화번호 좀 가르쳐 줘라."

민재는 연락처로 전화한 뒤 면접을 잡고 그 면접을 보러 갈 준비를 했다. 우선 세수하고 머리 감고 옷 골라서 입고 기본 화장품을 바른 뒤 거울을 보고 집을 나섰다. 잠실 종합운동장에 한방에 가는 버스를 탔다. 버스를 타고 가면서, 풍경을 보다 보면 시상이 떠오른다. 떠오르는 내용은 대부분 나는 왜 이렇게 잘되지 않을까이다. 오늘도 그런 생각을 하면서 차를 타며 갔다.

구단 관리자를 찾고 있었는데 한 선수가 보였다. GT의 박수혁이었다. 그와 눈이 마주쳤는데 뭔가 기분이 좋진 않았다. 민재의 안 좋은 습관이 있다면 타자들을 보면 자신의 몸과 비교하는 것이다. 민재는 박수혁의 커다란 팔 근육을 보며 자신과 비교했다. 웨이트 트레이닝을 해서 저렇게 돼야지라는 다짐을 했다. 그런데 박수혁이 갑자기 민재에게 말했다.

"뭘 보노."

기분이 안 좋았지만, 예의를 갖춰서 대답했다.
"아, 팔꿈치가 크셔서 하하. 혹시 구단 관리자 이정엽 님이 어디 계신지 알 수 있을까요?"

"몰라."

민재는 헤매다가 30분 후 겨우 찾았다.

"안녕하세요."

"어, 그래. 들어와요. 그래 이력서 가져오셨나요?"

면접이 한창 진행되었다. 고등학교, 중학교를 둘 다 야구부를 했다는 것에 흥미가 있는 눈치였다. 어떻게 그만두게 되었는지를 물었다.

“그냥 힘들어서요. 그 대신 저는 공부를 해서 경기도에 있는 대학교에 붙어서 열심히 공부하고 있습니다. 과는 행정학과예요. 더 공부해서 9급 공무원이 되고 싶어요. 공부를 해보니깐 운동보다 공부가 제 체질인 것 같긴 해요.”

민재는 야구부로 들어가는 대신 지방에 있는 대학교에 수능을 봐서 들어갔다. 수능은 운이 좋게 평균 6등급을 받았으며 이는 경기도에 있는 사립대에 들어갈 성적이었다. 그래서 들어간 대학이 안양대학교이다. 안양대학교는 언덕 위의 학교라서 대부분 헉헉대며 올라간다. 그런데 민재는 수업에 늦을 때마다 빨리 뛰어 올라가서 그것을 본 동기들이 안양산 다람쥐라는 천연기념물 같은 별명을 붙여줬다.

면접은 순조롭게 흘러갔고 내일부터 나오라는 말을 들었다. 민재는 기분 좋게 경기장을 나섰다. 집에 오는 길에 보니 경기 시작 전 팬사인회를 하고 있었다. 박수혁, 봉준근, 이진영 세 선수가 앉아 있었다. 3명 다 베테랑이고 인기도 많았다. 박수혁에게 사인을 받으러 사람들이 많이 몰려있었지만, 박수혁은 매너 있게 인사하며 사인을 해주었다. 사인을 받을까도 생각했지만, 줄이 너무 길어 기다리기 귀찮아서 그냥 집으로 갔다.

집에 가니 누나 이선화가 집에 와 있었다. 누나는 GT의 치어리더이다. 남자가 줄을 섰지만, 첫사랑과 계속 만나는 중이다. 서구형 몸매에 작은 얼굴 신라의 공주 선화가 이렇게 생기지 않았을까라는 환상을 심어주는 사람이다. 그러나 집에서는 냉장고 바지를 입고 흰색 티셔츠에 화장 안 한 칙칙한 얼굴을 하고 있었다. 누나가 예쁘냐고 묻는 질문에 항상 이렇게 대답한다.

"이별의 상처가 없는 예쁜 얼굴이야."

누나에게 자랑했다.

"누나, 나 볼 보이 됐어."

무심하게 흘려들었다.

"응, 그래."

"나 GT 볼 보이 됐다니깐."

이제야 제대로 알아듣고 살짝 놀라며 선화가 말했다.

"어? 뭐라고? GT?"

“우리 오늘부터 회사 동료네 하하하. 누나는 치어리딩 하고 나는 파울볼 줍고. GT는 우리 없으면 망했겠어.”

“넌 야구선수가 됐어야지, 웬 볼 보이야. 아이고 배야. 크큭. 우리 없어도 GT는 잘 돌아가.”

“시급 16,000원인데 하는 일도 공 주으러 가는 것밖에 없어. 쉽잖아?”

“넌 어떻게 그게 일이라고 하냐?”

“나 9급 공무원 되면 편안한 일자리도 얻고 예쁜 아내도 얻을 텐데. 뭐, 누나는 언제까지 춤 팔래?”

“나도 다 생각이 있거든. 네 걱정이나 하셔.”

“그래 알겠어. 저녁 뭐야?”

“그냥 있는 거 먹어.”

“엄마는 아직도 회사야? 아, 나 진짜 배고픈데.”

그렇게 솥에 있는 찬밥을 데워서 냉장고 속 마른 반찬들을 찬 대접을 하는 누나와 먹고 잤다.

투 스트라이크 원 볼

'나에게는 총이 있다. 믿음을 배신한 사람들, 불의를 저지른 사람들, 사랑을 저버린 사람들 그 사람을 향하고 있다.'

민재는 공기총을 구입했다. 1개월 동안 사냥 전문 시험을 준비한 후 시험을 봐서 자격증을 땄다. 시험에는 이상한 문제만 나왔지만, 그냥 암기만 하고 대충 시험 푸니까 통과했다. 총을 사려면 사격 자격증이 있어야 하기 때문에 땄는데 그 과정이 생각보다 쉬워 수월하게 살 수 있었다. 그 후 사냥용 15구경짜리 공기총을 구입했다. 사냥용이지만 사람을 살상할 수 있다. 30m 이내 물건을 맞출 수 있고 30발이 들어간다.

'내가 잘못한 사람들을 죽여도 되나?'

민재는 생각했다. 법은 증거 없이는 어떤 주장도 성립되지 않는다. 그건 실제 일어난 진실과는 동떨어졌다. a가 b를 죽였다. 그런데 증거가 없다. 그럼 죄가 성립되지 않는다. 이런 증거 위주의 재판과 판결은 일상생활과 동떨어져 있다. 일상생활에서 증거로 삼을 만한 장치가 많이 없기 때문에 일상생활에서는 소용이 없다는 얘기다. 그 말은 다시 말하면 우리의 인생에서 생기는 대부분의 사건이 제대로 법의 심판을 받을 수 없다는 얘기다. 그래서 민재는 정했다. 일상생활의 범죄에 대해 자신이 벌을 주기로 했다. 카라처럼 총이 있다는 것은 총이 없을 때와 매우 큰 차이를 가져온다. 총이 있다는 것은 민중에게 힘이 있다는 것이다. 총 하나 못 가지는 악한 사회의 약한 사람들은 권력에 대항할 힘을 갖지 못한다. 미국을 보면 총기사고가 많이 일어난다. 그런데도 총을 금지하지 않는 이유는 총기를 포기하면 참된 민주화가 이루어지지 못하기 때문이다. 사람은 소중한 존재이다. 그런데 그 사람의 인권이 짓밟혔을 때 거기에 대해 아무것도 못 하고 넘어가는 패배자가 되는 일, 이런 일은 총이 없기 때문에 일어난다. 총으로 자신을 지키는 일이 꼭 필요하다.

민재는 총을 사서 천을 세 겹 두른 후 방의 천장 가장 깊숙한 곳에 숨겨놨다. 키 작은 부모님이나 누나가 찾지 못

하는 곳이다.

민재는 총을 산 걸 까먹었다. 세상은 그렇게 나쁘지 않기 때문에, 9급 공무원만 돼도 편안하게 살 수 있는 게 지금의 대한민국이니깐. 그렇게 총을 산 걸 까먹은 채 아르바이트를 하러 갔다. 오늘의 경기는 GT 대 KT의 경기였다.

안전수칙에 대해서 몇 시간 동안 지루한 얘기를 듣고 모자를 쓰고 눈물 나게 익숙한 글러브를 끼고 경기장에 섰다. 경기가 시작하기 전 몸을 푸는 선수들이 있었다. 박수혁, 이지영, 오지환 등이 민재의 주변에 있었다. 박수혁이 민재에게 말했다.

"어이, 공 한 개만 줘."

"네, 알겠습니다."

"공 던진 줄 아냐? 너 같은 쓰레기가 공을 던질 줄 알겠어?"

마음이 덜컥 내려앉았다. 눈엔 눈물이 맺혔다.

"저 던질 줄…."

"던질 줄 안다고? 던져봐."

민재는 최선을 다해 던졌다.

"뭐야, 못 하네? 던진 줄 안다며? 어? 안다며 새끼야."

"죄송합니다."

얼떨결에 사과를 해버렸다. 이틀 동안 그때 욕을 해줬어야 하는데라고 후회했다. 수혁은 민재와 공을 주고받은 뒤 동료와만 볼을 주고받았다. 민재는 마치 계단에 있는 것 같았다. 제2롯데월드의 계단. 위층이 너무 높아 쳐다볼 수도 없는, 그래서 더욱더 아래층을 무시해야 하는.

민재는 얼이 나간 채 경기 내내 시간을 보냈다. 공이 여러 번 온 것, GT 선수한테 공을 준 것, 트랙의 흙을 가다듬은 것도 모두 생각나지 않았다. 큰 충격을 받아 방에 드러눕고 싶은 기분이었다. 그렇게 경기를 마치고 구단 매니저에게로 갔다. 하루의 봉급을 받기 위해서다.

매니저는 잠시 기다리라고 했다. 몇 분 뒤 GT 치어리더 네 명이 왔다.

"자 오늘 수고들 했어요. 내일도 파이팅 합시다. 여기 하루치 일당이 있습니다. 여기 선화 씨, 영미 씨, 하나 씨, 지은 씨….”

이름이 한 사람씩 호명됐고 민재의 차례가 왔다.

“여기 이민재? 오! 민재 여기 처음이지 적응이 잘되던가?”

민재의 마음을 아는지 모르는지 웃으면서 이 매니저는 물어봤다.

‘힘들었어요. 모멸감을 참는 게 너무나 너무나.’

본마음을 말하고 싶었다. 하지만 그렇게는 말할 수가 없었다. 자기 마음을 숨기는 건 주특기 중에서도 손꼽히는 특기다.

“네, 할 만한데요.”

이렇게 돈을 받고 집에 갈 준비를 다들 했다. 그때 치어리더 4명이 민재에게 왔다. 선화를 따라온 것 같았다. 선화가 동생을 불렀다.

“어이 동생, 할 만한가?”

민재는 애써 울분을 참으며 말했다.

“응, 그래. 옆에는 누구야? 누나 동료들?”

"안녕."

3명의 치어리더들이 인사를 했다.

"안녕하세요."

영미가 말했다.

"네가 그 민재구나. 많이 들었는데 실제로 보니깐 멋지다."

한마디 했을 뿐인데 아까 받은 상처가 생각나지 않았다. 삶의 전환점이랄까? 마라톤에서 21.0975㎞에서 반환점을 돌아오듯이.

저 사람의 남자친구는 얼마나 대단할까라는 생각을 해보았다. 말을 이어 나가고 싶었으나 잘 안 됐다.

"누나도…(예뻐요)."

영미가 말했다.

"공 줍느라 힘들었죠? 아까 멀리서 봤는데 되게 열심히 했어."

선화가 손을 저으며 말했다.

"애, 그런 애 아니야. 착각 마. 호호. 애 다 대충 살고 대충대충 하는 그런 애야."

민재는 영미의 눈을 피했다. 너무 예쁜 여자를 제대로 보는 걸 어려워하기 때문이다. 땅을 계속 보다가 은근슬쩍 영미의 눈을 마주쳤다. 자신을 향해 환하게 웃어주는 여자. 자신을 무시했던 박수혁이 생각났다. 내가 이런 대접을 받아도 되나 싶을 정도의 친절을 느꼈고 용기를 내서 민재도 영미를 마주 봤다. 짧은 눈 맞춤이지만 서로에 대한 호감이 있음을 느꼈다.

이때 선화가 나섰다.
"둘이 잘해봐. 좋아 죽으려고 하네. 큭큭."

잠시 어색한 침묵이 돌았다. 이 정적을 깨고 선화가 말했다. 큰 결심을 한 듯이 말했다.
"그래, 전화번호 가르쳐줄게."

영미가 놀라서 말했다.
"아니, 괜찮…."

민재가 잽싸게 말했다.
"그래, 가르쳐줘."

둥지에서 처음으로 날아가는 뻐꾸기의 마음으로 그렇게 용기를 냈고 그렇게 만남을 시작해 보고자 했다. 사랑은 작은 배려로 시작해서 기다림으로 계속되고 둘만의 만남으로 정점을 찍는 것 같다는 생각을 민재는 해왔다. 그런 사랑을 실제로 해보려고 용기를 내기로 했다.

집에 오는 길에 민재는 선화에게 이것저것을 물었다. 물론 영미에 대한 이야기다. 선화가 준 정보에 따르면 영미는 대학에서 메이퀸, 즉 5월의 여신이라 부를 만큼 인기가 많았다고 한다. 하지만 그렇게 예쁘기만 한 과거를 가지고 있지 않았다. 어머니는 작은 동네 미용실을 하시고 아버지는 대기업에서 비정규직 공장 일을 하셨다. 어머니는 하루에 많으면 세 명이 오는 미용실에 있었고 아버지는 연봉으로 세후 2,000만 원 정도를 벌었다. 집이 가난했다. 그런데 어느 날 아버지는 공장일 중에 손이 잘리는 사고를 당한 후 직장을 잃게 되었다. 결국 매일 술만 마시는 아버지가 되었고, 집에 와서 영미와 아내를 폭행했다.

영미는 그런 집안을 빠져나와 서울에 올라왔다. 집은 청주시였고 대학은 인하대학교 연극영화과였다. 배우지망생이었는데 오디션을 보고 봐도 어디도 붙지를 않았다. 그러다 찾은 게 치어리더 자리였다. 치어리더 자리가 처음에는 낯설었지만, 긍정적인 에너지를 주는 치어리딩으로 많은 팬들의 사랑을 받는 자리까지 올라갔다. 그녀가 옛날부터 했다는 말이 민재에게 와 닿았다. 사랑하는 사람이 자신을 때리는 일이 세상에서 제일 싫다고 그러면 죽고 싶어진다는 거였다. 이 말을 민재는 가슴 깊게 새겨들었다.

다음날이 왔다. KT와의 경기였다. 민재는 이제 사랑하는 일이 생겼다. 1루 쪽 파울존에서 1루 쪽 응원석을 쳐다보는 일이다. 자신은 떨어진 공이나 줍는 초라한 일을 하지만 그녀는 화려한 춤을 추며 사람들의 사랑을 받는다. 비록 춤은 말초신경을 자극하는 섹시한 춤이지만 그녀의 매력에 더 빠져들었다. 자신을 비참하게 만들었지만 그녀에 대한 사랑을 멈출 수 없었다.

1루 쪽을 보는 일 외에 좋아하는 일이 하나 더 생겼다. 봉급을 받으러 매니저한테 가는 일이다. 그곳에 가면 영미가 있다. 영미를 만나서 밥이나 같이 먹자고 말하려 했다. 이 매니저가 들어왔다.

"자, 여러분 수고하셨습니다. 이름을 부르면 받으세요. 내일도 쭉 열심히 하는 겁니다.

선화, 영미, 하나, 지은, 명현, 대현, 민재, 민호."

영미는 가방을 챙기고 옷을 갈아입었다. 그리고 집에 가려고 했다. 그때 민재가 뒤에서 불렀다.

"누나, 시간 나면 저랑 밥 한번 먹어요."

"네, 민재 씨 술은 마셔요?"

"네, 술 좋죠. 제가 살게요. 저 5만 원씩 벌어요. 하루에 이 정도면 황제지 황제."

"5만 원 갖고? 내가 살게요. 가요. 얘들아 가자. 내가 쏠게."

다섯 명은 술집에 갔다. 야구장 옆의 번화가인 신천에 가서 호프에 들어갔다. 번화가는 남녀가 만나고 사랑을 확인하는 공간이 되기도 한다. 팔짱을 끼고 걷는 커플들, 일을 마치고 여자를 기다리고 있는 남자들 등등으로 활기가 넘쳤다. 호프집은 사람들로 붐볐고 아르바이트생은 분주히 움직이고 있었다. 아르바이트생은 자리를 가리키자 다섯 사람은 우르르 몰려갔다. 자리에 앉은 채 영미가 말했다.

"민재야, 여자 친구 있어?"

선화가 끼어들었다.

"얘 그런 거 없어. 불쌍해."

민재는 운동부로 생활하는 동안 여자를 만날 수 없었다. 연애라는 것이 애초에 금지되었기 때문에 만날 상황이 되지 못했다. 여자라는 것이 오히려 필요악이 되었다. 그래서 영미가 민재의 운명적인 첫사랑이 된 것이다.

"저 사랑하는 사람 있어요. 소중해서 밖으로 말하기 싫어요. 절대 안 알려줘요."

"어, 그래~? 누구야? 말해봐, 아잉."

영미가 끼를 부렸다. 영미는 끼 하나로 남자들을 홀리고 다녔다. 그래도 민재는 영미를 좋아한다고 말할 수가 없었기 때문에 무답으로 일관했다. 선화는 생각했다. 자신들한테 가르쳐 주지 않는 것을 보면 자신이 아는 사람일 거고, 그건 아마 세 명 중 한 명일 거고, 그중 전화번호를 가진 영미일 거라고…. 생각을 정리한 선화가 말했다.

"너 전영미 좋아하는구나? 그치?"

"아니야."

"아니긴 뭘 아니야?"

"아니라고!"

맥주를 마셨다. 호프집에서 파는 생맥주는 일반 맥주와는 맛이 다르다. 목으로 술술 잘 들어갔고 다들 취했다. 술에 취한 지은이 외쳤다.

"술이 들어간다. 태평성대 만만세."

하나가 말했다.

"맥주 500cc 4잔 주세요."

민재가 술을 마시다 재미로 물어봤다.

"GT 선수 중에 누가 제일 좋아요?"

영미와 지은이 말했다.

"난 박수혁."

"난 봉철이."

"차대근도 좋아."

"왜요? 영미 누나 왜 박수혁이 좋아요?"

"야구를 잘하잖아. 너무 멋있어. 내가 처음 치어리딩 했을 때였어. 당시 1위었던 삼성에게 6대5로 지고 있던 8회 2사 만루에 나왔어. 안타 하나를 바라고 있었는데 홈런을 쳤어. 그때 박수혁을 알게 됐어. 정말 응원하고 있어."

"아, 그랬구나."

민재는 자기를 괄시했던 박수혁을 가장 좋아한다는 말을 듣고, 미간을 찌푸렸다. 술을 빨리 비웠다. 누나 잔에 있는 술잔의 술을 자신의 술잔에 따라 마셨다.

"야, 그만 얘기하고 술이나 마셔. 술이 들어간다. 쭉 쭉 쭉쭉쭉."

새벽 2시까지 술을 마신 후 각자 집에 들어갔다. 민재는 집에 가면서 생각한다.
'박수혁이 좋다는 말이지. 이런 망할.'

자신을 무시한 사람이었지만 팬들한테는 좋은 사람인 것처럼 보였다. GT 선수 중 팬을 가장 많이 보유한 선수가 박수혁이었다. 그러나 박수혁은 타 팀에게는 증오의 대상이었다. 위협구에는 화가 잔뜩 나 벤치 클리어링을 하기 일

쓰였고, 길거리에서 취객이랑 싸우는 등 부도덕함의 결정체였다. 험GT라는 물결을 만든 장본인이 바로 박수혁이었다. 자신과 공을 주고받는 걸 벼슬처럼 여기는 잘난 척의 최고봉이었다. 민재를 쓰레기라고 부른 것은 자기 과시욕에서 나온 행동의 결정체였다. 민재는 화가 나서 욕을 해주고 싶은 걸 참았다.

민재는 영미에게 문자를 보낸다.

"내일 시간 돼요? 제가 밥 살게요. 아님 술이라도? 혹시 어디 가시나요?"

내일은 경기가 없는 날이라서 각자 시간이 많았다. 민재의 영미에 대한 감정은 꽤 깊었다. 한번 잘해보자가 아닌, 없으면 단 1초도 못 살겠다, 어떻게든 내 여자로 만들겠다라는 동물 같은 본성이 흘렀다. 너무도 소중하고 소중했던 단 하나뿐인 사람, 그 흔적을 원했다. 10분 뒤 문자가 왔다.

"네. 내일 6시에 만나요. 장소는 홍대입구 역 9번 출구 앞에서."

기다림으로 하루를 보냈다. 사막의 오아시스처럼 기다림은 보상을 해주었다. 영미가 웃으면서 홍대입구역 9번 출구로 걸어 나왔다. 고백을 하고 싶었다. 무한등비급수를 생각했다. 무한 번 앞으로 나가는데 항상 그 자리인 등비가 0과 1 사이인 등비급수, 그 수열의 합이 마치 자신의 마음 같았다. 항상 앞으로 가고 있지만 계속해서 그 자리에 머무는 영원불멸의 마음이 자신의 마음인 것이다. 전영미가 말했다.

"오랜만이에요. 아, 어제도 만났죠? 하하하."

"어떻게 지냈어요? 하루를. 어제 술을 너무 많이 마신 거 아니에요?"

"네. 취했어요."

민재는 인생을 다 살고 죽음만을 기다리는 100살 된 할아버지처럼 삶을 다 안다는 듯이 말한다.

"뭐 산다는 게 이런 거 아니겠어요. 사람을 만나고 같이 취하고 즐기고 웃고. 원하는 대로는 살 수 없지만 원치 않는 대로는 살지 않아도 되잖아요."

영미는 카페를 가리키며 말했다.

"네, 그렇죠. 저도 그렇게 생각해요. 좋은 사람 만나는 게 제일 중요해요. 인생에서 제일 중요한 건 행복이에요. 저 카페 커피 맛이 좋아요. 가요."

민재는 다짐한다. 초등학교 스카우트에서 선서를 외우듯이.

'가장 중요한 게 행복이라고? 내게 가장 중요한 건 오늘부터 나의 행복이 아닌 너의 행복이야.'

둘은 커피를 시키고 자리에 앉는다. 민재는 《보그(Vouge)》 잡지를 카페 책꽂이에서 가져 왔다.

"이 잡지 같이 볼래요?"

둘은 같이 잡지를 본다. 이게 멋있다, 저게 멋있다. 서로의 미적 감각에 대해 알아가며 잡지를 본다. 민재는 잡지에 허세가 가득하다고 욕을 하면서 보지만 가끔 보이는 멋있는 옷의 회사를 외우느라 정신이 없다. 1시간이 지나고 배가 고파진 민재는 밥을 먹으러 가자고 한다. 밥을 먹으러 민재와 영미는 갔다. 밥을 다 먹고 9시가 됐다. 민재가 말했다.

"이러니깐 데이트하는 거 같아요."

영미가 단언하듯 말했다.
"데이트에요."

웃으면서 민재가 말했다.
"사귀기라도 하는 것 같네, 헤헤."

수줍어하며 둘 사이에 정적이 흐른다. 민재는 언제 고백해야 할지 시간을 재다가 오늘은 아니라고 생각한다. 그때 영미가 말했다.
"집에 갈게요. 즐거웠어요."

뒤를 돌아 영미가 지하철을 향한다. 그때 민재가 부른다. 결심이라도 한 듯이.
"누나, 잠깐만요."

영미가 놀라 뒤돌아보며 물었다.
"어, 왜요?"

"할 말 있어요. 아니, 집에 잘 들어가라고요."

"응, 너도."

고백은 서로의 사랑을 확인했을 때 하는 거라고 많이들 말하기 때문에 민재는 그렇게 하려고 고백을 하지 않았다.

투 스트라이크 투 볼

경기장 한쪽의 남녀 사이에서 대화가 뜨겁다. 영미가 박수혁과 대화하고 있다. 수혁이 구단 사무실에 들렀는데 영미가 팬이라고 쪼르르 달려갔다. 그 후 이것저것에 대해 얘기를 계속해나갔다. 관중 없는 경기장을 돌면서 수혁이 말했다.

"치어리딩 하면서 힘든 점 없어? 한국 관객들은 수준이 낮아서 미국에는 다 앉아서 점잖게 보는데 우리나라는 뭐 이거 여자 세워놓고 춤추라고 하니, 여자를 보란 건지 야구를 보란 건지."

영미가 대꾸한다. 자신이 제일 좋아하는 선수와 얘기한 게 끝없는 행복이란 듯이 표정이 좋다. 자신보다 3배는 되는 팔뚝을 보고 흥분했다. 영미는 강한 남자에게 끌리는 듯하다. 이 이야기를 계속 이어나가고 싶어했다.
“아, 우리는 경기가 한창일 때는 춤을 추지 않고 응원만 북돋워 주고 쉬는 시간 지루할 때만 춤을 춰요. 팬들은 춤도 경기도 모두 볼 수 있어요.”
영미가 계속 말한다.
“GT 팬들이 제일 좋아하는 선수가 오빠예요. 제가 처음 봤을 때 8회 2사 만루 삼성에 6대 4로 지고 있을 때 홈런 때려서 선명하게 기억나요.”

“이놈의 인기도 참 귀찮아, 귀찮아. 그건 기억도 안 난다.”

“훈련 많이 하느라 힘들죠? 너무 까매졌어요. 피부도 안 좋아지시고.”

“그런가? 내가 못생겼다는 거지?”

“아니요. 몸도 챙기시면서 운동하라고요.”

정적을 깨고 수혁이 시건방지게 묻는다.

"그래, 너는 얼마 버니?"

"네? 저요…. 일당 받아요. 10만 원이요."

"일당 백도 아니고 일당 십이네, 몸 팔아도 그것보단 많이 벌어. 확실해."

"네?"

"오늘 경기 끝나고 집에 데려다 줄까?"

영미는 한참 머뭇거린 후 말한다. 웃으면서.
"감사합니다."

오늘은 D팀과의 경기다. 박수혁이 보란 듯이 2루타 2개를 때려낸다. 경기는 일방적으로 GT가 앞서가고 결국 5대 1로 경기가 끝난다. 수혁이 밟고 뛰어간 트랙의 흙을 민재가 곱게 가다듬는다. 이름이 뭔지 모르겠는 흙 고르개 같은 목재 기구로 예쁘고 빠르게 흙을 정리한다. 그 후 경기장에 혹시 공이 2개 들어오지 않았는지 노심초사하며 경기를 지켜봤다.
민재는 경기가 끝난 후 영미를 만나기만을 기대하고 있

다. 만나면 오늘은 무슨 말을 어떤 표정으로 할지 고민이 크다. 그리고 매일 하듯이 1루 쪽 치어리딩 석을 바라본다. 뒷모습이 너무 예쁘게 느껴졌다. 여자친구의 '유리구슬'이라는 노래에 맞춰 춤을 춘다. 이런 노래가 울려 퍼진다.

> 약한 유리구슬처럼 보이지만 그렇게 쉽게 깨지진 않을 거야.

3시간의 경기가 끝나고 매니저에게 갔다. 영미가 봉급 받기를 기다리고 있다. 민재가 영미의 앞으로 가서 말한다.
"아 D팀 개못하지 않아요? 박정호 없으니깐 소프트웨어 없는 컴퓨터네."

"그래 못하긴 하더라."

영미는 뭔가 머뭇머뭇했다. 민재는 그런 낌새를 못 느끼고 계속 말을 한다.
"영미 누나, D팀은 치어리더도 안 예뻐요. 와…."

그때 수혁이 문을 열고 나타났다. 수혁이 말했다.
"이 쓰레기는 뭐야. 가자 영미야."
"…."

민재의 표정은 일그러졌다. 할 말을 잃고 한참 동안 얼굴이 붉어졌다. 영미는 뒤도 안 돌아보고 수혁과 함께 밖으로 나갔다. 선화가 말한다.

"아까 집에 데려다준다더라."

"아 xx."

민재는 낙담한 채 쓸쓸히 집으로 향하는 버스를 탔다. 버스를 타고 집으로 갔다. 여자를 빼앗겼다는 느낌을 받는다. 남자로서의 매력을 모두 잃은 듯한 느낌이고 경제적, 물리적으로 모두 압도당한 느낌이다. 머리를 강타당한 것 같은데 상황을 되돌아본다. 그리고 뭔가 해야겠다는 생각이 문득 머리에 스친다.

'그래, 문자를 보내자.'

탁탁탁 문자를 쓴다.

"누나 집에 잘 들어가고 있죠? 걱정돼요."

문자를 보낸 후 휴대폰이 울리기를 고집스럽게 쳐다본다. 더 고집스러운 휴대폰은 울리지 않는다. 쓸쓸하다. 나뭇가지에 달린 열매가 처량하기만 하다.

집에 와서 침대에 누워 휴대폰을 한 번 더 쳐다본다. 어떤 연락도 오지 않았다. 영미가 계속 걱정되어 그걸 계속 걱정하는 게 지겨워서 그만하려고 사랑을 포기하려고 한다. 그러나 다시 생각나고 머리에는 전영미라는 이름만 끈질기게 떠오른다. 성범죄를 저질러 차는 전자발찌를 찬 것처럼, 중추신경 전 부분에 사랑을 박아놓은 것처럼 영미의 이름은 지워지지 않는다.

다음날 눈을 뜬 후 다시 한번 핸드폰을 확인한다.

"어!"

휴대폰에 문자가 와있다. 보낸 이는 영미다.

"나 너무 힘들어. 와줘."

민재는 영미가 힘들다는데 어디든 지키러 가려 한다. 씻고 옷을 입고 준비했다. 교통카드를 챙기고 집을 나섰다. 영미가 만나자고 한 카페로 갔다. 영미가 카페에 앉아 있다. 민재는 앞자리로 간다. 영미가 말했다.

"나 너무 힘들어. 너는 내가 아끼는 동생인 거 알지? 그래서 너밖에 이 말을 털어놓을 사람이 없어. 나한테 좋아하는 사람이 있는데 그 사람이 나를 함부로 대해. 그게 날 너무 아프게 해."

"박수혁 이 새끼."

"어떻게 해?"
영미는 고개를 숙인 채 눈물을 짓는다.

'나한테 와.'

말은 못하고 속과 다른 말을 한다. 평소에는 나긋나긋하던 말투가 신경질적으로 바뀌었다.

"그냥 그 사람한테 잘 맞춰봐. 그가 하란 대로 하고 가라면 가고 까라면 까고 싸라면 싸. 그가 그렇게 좋으면."

눈물이 날 것 같지만 그렇지 못했다. 그렇게 헤어진 후 3개월이 흘렀다. 수혁과 영미는 결혼했다. 결혼식은 화려하게 펼쳐졌다. 야구선수들, 연예인들, 경제인들이 참석해서 성대하게 펼쳐졌다.

풀카운트

"good day to die."

스타크래프트의 종족 프로토스의 커세어가 하는 소리다. 오늘은 왠지 죽기 좋은 날이다. 어차피 죽을 거면 죽기 좋은 날을 골라야 하지 않나.

피시방에서 나온 민재는 버스를 타고 집에 가고 있었다. 벤츠 E 클래스 차가 멈춰있다. 아, 저런 차를 타는 사람은 누굴까라는 상상을 하며 간다. 근데 그 옆에 박수혁이 있다. 수혁 앞에는 한 여자가 있다. 수혁은 오른손을 높이 들고 주먹을 쥔 후 여자에게 주먹을 휘두른다. 얼굴을 맞은 여자는 길가에 쓰러진다. 그런 여자를 발로 축구공을 차듯이 세게 찬다.

민재는 당장 버스에서 내려 뛰어간다. 날아차기를 하며 수혁을 밀쳐낸다.

'수혁은 오른손잡이이므로 오른손을 세게 휘둘러 내 얼굴을 칠 거다. 따라서 고개를 밑으로 숙여 펀치를 피하고 동시에 왼손으로 배를 세게 쳐야겠다.'

수혁은 손을 휘둘러 그의 얼굴을 때리려고 했다. 그와 동시에 민재는 고개를 밑으로 숙여 펀치를 피하고 왼손으로 배를 가격했다.

"억."

수혁이 뒤로 나자빠졌다. 그러나 금방 일어나 민재를 개 패듯이 패기 시작했다. 그 두꺼운 팔에서 나온 힘으로 민재를 무지막지하게 때렸다. 영미가 정신을 차리고 수혁을 말리기 시작했다.

하지만 수혁은 계속해서 주먹으로 머리를 수차례 때렸고, 배를 무릎으로 K1 하듯이 때렸다. 민재는 그야말로 죽는 줄 알았다.

'왠지 죽기 좋은 날이더구먼.'

그때 경찰이 왔다. 지나가는 시민이 신고한 모양이었다.

경찰이 수혁을 잡았다.

"당신은 묵비권을 행사할 수 있고 당신이 말하는 모든

것은 법정에서 불리하게 작용할 수 있습니다."

수혁이 아직도 화를 내며 말했다.
"뭐야? 놔 봐. 저 새끼 좀 더 맞아야 돼. 아오, 저 쓰레기를."

사태는 일단락되고 셋은 경찰서로 갔다. 경찰서에서 경찰이 일이 귀찮은 듯이 말한다. 퇴근하고 싶은 모양이다.

"자, 화해하시고 좋게좋게 합의합시다."

민재의 엄마가 오셨다. 자초지종을 듣는다. 엄마는 민재를 보고 팔을 찰싹 때린다.
"왜 그랬어? 그러게 왜 덤벼?"

엄마는 그러더니 수혁한테 가서 말한다. 미안하다고, 잘못했다고.
"죄송합니다. 우리 아들이 철이 없어서요. 우리 아이가 야구로 성공하려고 했는데 그러지 못했어요. 어떤 대학에서도 받아주지 않았어요. 감독 사인을 안 따라서라나. 하여튼 길이 막혀 버렸어. 성공하신 분이 우리 아들 용서해 주십시오."

수혁은 찌뿌둥한 표정을 짓더니 말한다.
"알겠어요. 좋게 합의합시다…. 얼마면 되겠어요?"

엄마는 계속 누구에게인가 인사를 하며 말한다.
"그냥 조금만 주시면 됩니다."

"200 줄 테니깐 합의해요. 되죠?"

OUT

침대에 누워있다. 아까 맞은 곳이 짜릿짜릿 아프다. 아픈 채로 침전하는 모래사막처럼 침대에 누워있다. 옆에는 합의금으로 받은 200만 원이 있다. 200만 원은 한 번도 만져보지 못한 돈이다. 그게 민재를 더 비참하게 했다. 이 돈으로 무엇을 해야 내가 느낀 슬픔과 고통을 보상받는단 말인가. 내 사랑을 뺏어간 사람. 내 사랑의 행복을 짓밟은 사람. 그녀의 행복은 나의 행복이라고 다짐하지 않았던가. 너무 아프다. 패주고 싶지만 이길 수 없다는 걸 안다. 그 커다란 팔꿈치를 이길 수가 없다.

비틀비틀대며 일어난다. 의자를 장롱 옆으로 가져온다. 천장에 고이 모셔져 있던 총을 밑으로 내린다. 총을 덮은 세 겹의 천을 푼다. 민재는 깨진 머리를 굴린다.

'태극기, 태극기가 있어야지.'

총과 태극기를 가방에 넣고 잠실 종합경기장으로 향한다. 언제나 타는 3412번 버스를 타고 경기장에 갔다. 그러나 여느 때와 다르게 매표소로 향한다.

"1루 치어리더 석 한 표요."

"15,000원입니다."

뚜벅뚜벅 밖에서의 한 걸음을 느껴본다. 한 걸음, 한 걸음 입구로 향한다. 총이 걸리면 어떻게 하지? 식은땀이 흐른다. 물건 검사를 하는 곳에 다다른다.

"가방 검사하겠습니다. 캔은 반입이 금지되어 있습니다. 어, 이 길쭉한 건 뭐죠?"

"아, 이건 태극기입니다. 여기 태극기라 써 있죠?"

"네, 들어가세요."

경기장에 들어가서 자리에 앉았다. 치어리더 석 5칸 윗자리에 앉는다. 선화가 반갑게 손을 흔들어 준다. 선화는 아무것도 모른 채 외친다.

"동생~ 힘내."

옆자리에 사람들이 들어온다. 역시 남녀 커플들이 많다. 시간이 5분 지났을까? 1시간이 5분씩 걸리는 것 같으니깐 나의 하루는 288시간인가? 별생각이 다 든다. 이런 생각으로 두려움을 씻어내 본다. 곧이어 국가에 대한 경례가 있다. 국가에 대한 경례가 울려 퍼진다. 박수혁은 벤치에 있어서 시야에 들어오지 않는다. 그는 4번 타자다. 1회 안타가 하나라도 나오면 나오는…. 때는 그때다. 30발을 쏠 수 있다.

"대한 사람 대한으로 길이 보전하세~."

경기가 시작되었다. 치어리더들이 신나게 응원을 한다. 영미 역시 치어리더로서 응원하고 있다. 1번 타자…. 아웃됐다. 삼진으로…. 2번 타자 아웃됐다. 땅볼로. 이번 회에 안 나오려나. 3번 타자, 어 2루타. 득점권이다. 다음은 박수혁이다. 공을 치려고 경기장을 나왔다. 타석에 들어섰다.

드디어 너를… 두려움을 억누르고 태극기 가방에서 총을 꺼낸다. 눈에서는 눈물이 난다. 박수혁의 머리를 겨냥한다. 조준한다. 총을 쏜다.

"탕."

첫발은 빗나갔다. 그와 동시에 민재 주변의 관중들이 도망갔다.

"탕."

두 번째도 빗나갔다. 박수혁이 몸을 숙였다. 영미가 민재를 발견했다. 도망가지 않고 말리려고 자리로 올라온다.

"탕."

세 번째 탄환은 적중했다. 박수혁이 가슴을 잡고 쓰러졌다. 안전요원들이 민재를 향해 달려온다. '한 발로는 안 돼.' 민재는 한 발을 더 쏜다.

"탕."

네 번째 탄환은 막으려던 영미가 맞았다.

순간 힘이 빠진다. '내가 무슨 짓을 한 거지?' 허망한 표정으로 주저앉는다. 안전요원들이 달려와 민재를 제압하며 바닥에 내려 꽂는다. 머리를 바닥에 계속 내려 꽂는다. 하지만 민재는 계속 머리를 들려고 한다. 영미가 살아있는 걸 눈으로 확인해야 했기 때문이다.

민재의 총기 난사로 1명이 사망했고 1명이 중상을 입었다. 박수혁이 총알을 심장에 맞아 죽었고 영미는 팔에 총을 맞아 목숨을 살릴 수 있었다. 민재는 감옥에 갇혔다.

이 사건을 들은 후 선화와 영미는 술을 마셨다. 술자리에서 선화가 말했다.

"우리 사회는 약자한테는 한없이 강하고 강자한테는 한없이 약하게 돼버렸어. 박수혁이 준 200만 원은 박수혁한테 아무것도 아니었을걸. 그의 연봉이 10억대니깐 계산해보면 하루만 일하면 아니 하루만 운동하면 벌 수 있는 돈이야. 그런데 민재한테는 그 돈이 2달 내내 땀 뻘뻘 흘려 벌 수 있는 돈이지. 그런 돈을 사람을 개 패듯이 팬 값으로 물기에는 너무 작은 것 아니겠어? 돈이 있으면 사람을 더 팰 수 있는 거냐고? 난 사람들이 약자의 편에 서는 사회가 됐으면 좋겠어. 언더 도그마 현상은 약자의 편에만 서서 문제가 일어난다는 거잖아? 하지만 그렇다고 약자의 편에 서지 않게 되면 문제가 발생해. 이번 사건도 그렇잖아? 현대 사회 대부분의 문제는 강자가 약자를 눌러버리면서 생기는 것 같아. 그러니 약자의 편에 서서 그들과 함께하는 것, 그게 중요한 것 같애."

칼을 훔쳐라

1710년
중국의 청나라에서

"이 칼을 꼭 지켜다오, 아들아."

황후는 칼을 아들에게 주면서 부탁한다.

"예, 어머니."

칼을 지닌 아들은 이 검의 의미를 이해하지 못한다. 이 칼을 지닌 자에겐 청나라의 왕자라는 칭호가 붙는 칼이다. 이 칼의 이름은 청룡도로 모든 사람이 이 칼을 가지고 싶어한다.

1720년
중국의 청나라에서

"내가 너의 목을 치는 것만 기다려 왔다."

왕자는 칼을 빼내어 주나라 장수의 목을 벤다. 모두가 칭송하며 승리를 축하한다. 왕자는 청룡도를 높이 들고 칼을 땅에 꽂는다.

"이제 이 칼은 승리와 같다. 더 이상의 승리는 없다. 자, 이제 축제를 시작하자."

2019년
강남의 압구정에서

"아, 현대 아파트 진짜 살기 좋다. 물맛이 다르네."

현수는 달리기를 하러 강남의 한 거리를 달리다 목마름에 물을 샀다. 물은 보통 물 가격의 3배 정도나 되는 비싼 물이다. 현수는 달리기를 하러 항상 20㎞ 이상씩 운동할 정도로 힘이 아주 좋다. 그는 계속되는 달리기 중 지친 나머지 압구정으로 연결되는 한강 통로를 이용하여 압구정의 현대 아파트로 들어갔다.

"아줌마, 여기 물이 왜 이렇게 비싸요?"
현수가 묻는다.

"다 이 정도 해."

그녀는 당연하다는 듯이 말한다.

"와, 물맛이 다른데요?"

현수가 또 말한다.

"달라요. 그만 웃기고 다음 손님?"

현수는 웃으면서 나간다. 달리기를 멈추고 천천히 강남 거리를 걷는다. 강남 거리에는 압구정 백화점이 있다.

'와, 진짜 좋은 데네.'

현수는 걸으면서 마치 여기가 강남의 중심쯤 되는 곳이라는 생각을 하면서 걸어간다. 강남 백화점에는 한 광고가 있다. 칼을 든 신사의 모습이다. 19세기쯤 되는 시대에 필요하지 않을 듯한 칼을 차고 있다. 어쩌면 전쟁이 났을 때 죽기 직전 참호전에서 쓰일 듯한 칼이다. 길고 가늘며 멋진 신사 혹은 장교들이 쓸 만한 검이다. 푸른 배경에 멋진 신사가 들고 있는 파란 검. 그것을 현수는 별생각 없이 본다.

'요즘은 칼도 들고 있네. 잡지에도 실리려나?'

현수는 명품들의 특징을 어느 정도는 알고 있다. 명품을 사는 것이 하나의 목표일 정도로 좋아한다. 명품의 값어치는 100달러 이상으로 매우 비싸다. 현수는 대학생이다. 록 동아리에서 수없이 공연하며 돈을 조금씩은 벌고 있다. 그것을 모아서 사려고 해보았으나 쉽지 않다. 현수는 버스를 타고 집으로 간다. 점점 멀어지는 강남의 풍경들과 함께 그는 웃으면서 하루를 보낸다.

압구정의 거리는 화려하다. 많은 사람들이 오고 싶어 하고 하나의 성공의 상징으로 여기기도 한다. 강남 사람들만의 것이 아닌, 많은 사람이 오려는 곳이다. 그런 곳의 앞을 지나가는 것은 현수에게 꽤 재밌는 일이었다. 그런 곳은 교통도 꽤 화려하다. 계속되는 회색빛 비명. 아우성이 계속된다. 아우성 후 오는 참회와 슬픔, 그런 것들이 도시의 특징 아닐까?라고 현수는 생각한다. 아우성은 계속된다. 어떤 아우성은 세상을 바꾸기도 한다. 어두운 도시 그것을 바꾸자. 돋아나는 날개를 가지고 뛰어 내리자. 모두 현수의 생각이다.

달려가는 외발마의 도시, 그것이 현수의 도시였다. 어떻게 보면 외롭지만 어떻게 보면 외롭지 않은 세계를 물들이는 일, 그것이 어떤 하나의 직업이 될까? 현수는 생각한다. 그런 일을 어떻게 해야 되지라는 물음에도 불구하고 항상 사람들은 직업을 찾는다.

그런 기분 좋은 상황만 계속되면 어떠할까? 사람들은 생각한다. 다 자신을 위해서일까?

아니면 공동체를 위해서일까? 그런 것은 많은 의미가 있다. 사람들이 자신을 위해서만 존재한다고 생각하면 그것은 크나큰 오만이다.

어떻게든 차이를 만들려는 사람. 어떻게든 죽여버리는 사람. 모두 무서운 생각이다라는 생각하에 버스를 타고 간다. 버스는 너무 많은 사람이 있다. 사람들의 장난이 이렇게 없을까? 그러나 그런 세상은 왜 이렇게 재밌는 일이 넘칠까? 그것이 어쩌면 우리의 삶의 활력소가 아닐까?

현수는 나쁜 일을 계획한 적이 없다. 나쁜 놈을 때린 적은 많다. 많은 생각 끝에 하는 것이 아니다. 그냥 나쁘기 때문에 막는다. 현수의 기본 생각이다. 꼭 이겨야 돼. 나쁜 놈은 없애야 돼가 기본적인 생각이다.

그런 나쁜 놈들이 나한테 시비를 걸면 어쩌지라고 생각해본다. 생각이 좋다가도 나쁘가다도 하는데 내가 이길 때는 승리를 외친다. 내가 지면 패배를 외친다. 이길 수도 질 수도 있다. 과정이 중요한 것이다. 정의였으면 지는 게 더 큰 승리가 될 수도 있다.

압구정 아파트를 지나가면서 많은 생각을 하게 된다. 어떤 생각이 맞는지는 모른다. 다만 인생은 정답을 향해 찾아가는 외로운 싸움이다.

강남 한복판인 압구정에서 그는 살아보고 싶다. 뛰어다니는 놈 위에 있는 나는 놈이란 단어가 생각난다. 강남은 경제인들의 중심지이다. 서초에서 강남까지 이어지는 양재대로로 접어든다. 양재대로는 사람들이 너무나도 많다. 코엑스가 있는 서초동을 보며 양재대로를 걷는다. 길은 너무나도 재밌다. 이름이 재미면 재미가 많을까. 재미가 다가 아닐 것인데 말이다.

대치동 같은 곳도 가봐야지라고 다짐을 한다. 현수는 어른이 되면 강남에서 살기를 바라는 대학생이다. 강남은 모로 가도 강남이다라는 말이 있다. 강남을 가고 싶어 하며 하루하루를 뒹구는 현수는 꼭 성공을 다짐한다. 성공을 다짐하며 내가 어떠한 일도 이겨내리라. 그것만이 내가 가야 할 길, 내 성공을 위하여.

어떠한 일도 이겨내리라
이겨내자 이겨내자
이겨내자 이것만이

내가 가야 할 길

이겨내자 어떠한 시련도
시련을 이기자 시련도

꼭 이겨버리자
어떠한 나쁜 일도
어떻게든 나쁜 일을

이런 글을 계속해서 되뇐다.

꼭 성공하리라.
이겨버리자
성공해버리자

성공하고 웃자
성공은 나의 것
성공만이 살길
내가 가야만 할 길
꼭 성공하자

라고 되뇌었다. 계속해서.

2019년
찬미의 집

찬미는 집에서 일어났다. 할 일이 없던 나머지 친구들과의 약속도 무시한 채 잠을 자는 평범한 예술대생이다. 너무너무 쉬운 일들도 열심히 할만큼의 좋은 머리도 지니고 있다. 어떻게 하면 더 노래를 잘 부를까가 찬미의 숙제이다. 더 예쁜 목소리로 노래하리라. 이것은 찬미의 사명이다. 엄마가 찬미를 부른다.

"찬미야 오늘 빨리 시작하자."
엄마가 웃으면서 찬미에게 노래를 강요한다.

"엄마 오늘 스타일 죽이는데 어떻게 머리 한 거야?"

엄마는 머리를 미용실에서 관리받고 온 후 내심 뿌듯해한다. 찬미는 웃으면서 계속 말한다.
"미장원 좋은 덴가 봐."

"미장원 같이 갈 거야?"

"엄마 혼자 갈 거야? 나랑도 갈 거야?"

엄마는 미용실에 같이 가자고 한다.
"같이 가자. 나만 예뻐질 수는 없지."

"꼭 가고 싶으면 얘기해. Okay?"

엄마는 성격이 좋다. 노래를 부르기 위해 고등학교 성악부에 들어갔고 졸업한 후 대학교에서 성악을 전공했다. 미국 음대를 졸업하고 교수로 당당하게 한국으로 왔다. 매우 재능이 있다는 평을 받았지만, 노력을 멈추지 않았다. 계속되는 연습으로 '당당한 여성 100명' 중 한 명으로 미국 잡지에서 선정될 정도의 매력이 있었다.

《NYtimes》
당당한 여성 100명

PARK 당당히 뽑혀

"자신감은 노래의 원천이죠."

이렇게 잘나가던 그녀는 결혼을 하고 아이를 낳는다. 자신의 아이를 성악가로 만들기로 결심하고 그 아이가 자기와 같은 노래를 배우게 한다. 한 명은 성악가, 한 명은 최신 댄스를 추는 아이돌 가수로 키우려고 한다. 그런 것을 실행하기 위해 아이들에게 성실함만을 가르친다. 성실함이 실력을 기르는 원천, 꼭 해내야만 해를 입에 달고 산다.

"야, 빨리빨리 노래 불러."

"엄마 내가 집에서까지 노래 불러야 돼?"

"빨리 안 불러?"

엄마는 대학교 교수로 성악을 전공했다. 엄마의 잔소리가 두려워 가슴 벅차 서럽게 찬미는 노래를 부른다. 노래를 더 잘하려는 두 모녀의 바람에 맞춰 곧 찬미의 단독 콘서트가 있다. 단독 콘서트에서 부르는 노래는 성악가들의 표본인 전통 가곡을 부르려고 한다. 꽤 어려운 노래들이 많다.

가을이 오면
떠나가는
저 사람들의
물결.
계속되는
가슴 안고~
달려갈 테니.

이런 노래를 끝도 없이 부른다. 엄마는 말한다.
"됐어, 나이스. 이 정도 유지할 수 있지?"

"그럼 이걸 못 해? 내가 우리 학교에서 최고 성악가가 되는 것도 시간문제지."

엄마는 웃는다.
'네가 최고?'라는 듯한 느낌으로 웃으며 딸을 가르친다. 가곡이 이렇게 어렵다는 것을 엄마는 말해준다. 그것을 들은 찬미가 말한다.

"엄마, 나도 엄마만큼 할 수 있다, 뭐."

찬미는 건방진 태도가 아닌 자랑하는 태도로 일관한다. 찬미는 열심히 살아가는 법을 알고 있다. 현수와 정반대로 사는 여자이다. 찬미는 모든 면에서 월등하기 위해 노력한다. 그런 노력이 곧 예술위원회가 주최하는 단독 콘서트를 여는 원인으로 작용했다. 아마 찬미는 그 기회를 잡기 위해 최선을 다하려고 계획 중이다. 노래를 부르는 것만이 최선이라는 엄마의 말도 그런 딸을 만드는 데에 기여했다. '엄마, 나도 엄마만큼 해.'가 찬미의 주된 생각이다. 그런 찬미를 엄마는 항상 더 가르치고 노력하게 하려고 한다. 더 못 해 줘서 미안하다는 것은 엄마의 생각이다. 그런 높은 퀄리티의 삶을 사려고 하는 것이 엄마의 마음이다.

가요를 듣던 찬미의 여동생 미연은 말한다.
"엄마, 언니 좀 가만히 놔둬."

'엄마는 참 힘든 일만 시켜. 나처럼 춤추고 노래해야지. 왜 이런 고생만 시켜.'의 준말이다.

미연은 항상 언니에게 핀잔을 준다.
"나처럼 가요를 들으면서 노래하고 춤 춰야지. 무슨 노래가 그래?"라면서 투정이다.

미연이 말했다.
"엄마, 이 정도면 더 이상 잘 부를 수도 없어. 똑같은 곡을 어떻게 더 잘 불러? 장르가 틀렸다니깐."

"너, 미연이. 그런 소리 한 번만 더 해봐."

"네가 내 노래를 이해하겠니?"

둘이 대립각을 세운다. 놀림을 당한다.

"가을 하늘이 그렇게 좋냐? 어?"

"너 이거 어떻게 부르면 좋겠어?"

"내가 아냐? 멍청이."

"너, 한 대 맞아."
동생 미연을 꼬집는다. 찬미는 다시 집에서 노래를 부른다. 노래는 멈추지 않고 계속된다. 그 노래가 좋다는 찬미는 위원회가 주최하는 공연에서의 성공만이 목표이다.

"너, 그거 잘 되나 보자."

미연은 웃으면서 말한다.
"내가 실패하는 일이 하나라도 있냐?"

그녀는 남자친구 현수의 말이 떠올라서 웃는다.

"내가 성공하는 일이 하나라도 있냐?" 남자친구 현수가 매일 하는 말이다. 현수의 노래를 MP3에서 클릭하여 듣는다. 찬미는 노래가 꽤 좋다는 이유로 현수를 매우 좋아한다. 현수 역시 자신을 좋아하는 찬미를 많이 좋아한다.

현수가 찬미를 생각하는 마음은 너무나도 크다. 현수는 마치 아름다운 생각을 상상하듯이 예쁜 찬미를 너무나도 좋아한다. 그는 그녀와 만나는 하루하루가 너무나도 좋다. 그런 날을 보내다가도 가끔 질린다는 생각을 한다.

"내가 그렇게 질려?"라고 찬미는 묻기도 한다. 그럼 현수는 말한다.
"질리는 게 A급이야. 당연한 얘기지."

그렇게 이미 둘은 권태기마저 지낸 캠퍼스 CC다. 현수는 찬미를 믿는다. 찬미의 아름다운 음악은 언젠가 큰 히트를 칠 것이며 엄청난 시너지를 지니고 있다는 것을 안다. 그래서 "아름다운 천국, 여기가 그곳이야."라며 그녀를 행복하게 하는 말을 많이 하였다. 그녀는 그런 사랑을 믿기로 하였다. 음악을 가장 잘하는 것이 그들이 해야 하는 일이기 때문에 그들은 중요한 사랑을 믿기로 한다.

찬미 역시 현수의 노래를 좋아한다. 그녀가 갖지 못한 노래 실력을 갖추고 있다고 판단한다. 록 노래를 자주 부르는 현수는 인기가 많았다. 가끔 홍대에 가서 공연을 하고 돈도 번다. 로큰롤이 하나의 정신이다.

when she is young
ohohoh
everything seems bad
oh ohohoh
but true wisdom coming to me

현수는 올드 록에 심취해 있다. 동아리에서 보컬을 맡았다는 점이 그의 남자다움을 보였다.

그녀 역시 그런 노래를 부를 때도 있었다. 미연보다는 못하지만, 최신 아이돌 댄스를 출 때도 있었다.

랄라라라라
즐거운 상상
가자 저 세계로

같은 노래를 부를 때도 있다. 그녀가 노래를 부르면서 춤을 추는 것을 보면 현수는 황홀해 마지 않았다.

"너무 예뻐. 내 것 하자."라며 좋아해 마지 않았다.

가끔은 성격이 안 맞아서 헤어질 때도 있었다. 그럴 때면 눈물을 흘리며 슬퍼했다. 당연한 일로 그들은 학교에서 만나 서로의 섭섭한 감정을 풀었고 다시 사귀는 사이가 되곤 했다.

good evening
세상에서
제일 좋은 소리
good night
세상에서
제일 편할 소리
good day
내가 제일 좋아할 소리

라는 유명 가수의 현수가 찬미에게 불러줬던 기억이 있다. 서로에게 너무 큰 아픔을 줄 때는,

난 몰라 난 몰라
사랑하는 님을 몰라

어쩜 그리 자상한지
난 몰라 난 몰라
사랑하는 나의 님아
어찌 그리 박하신고

님아 님아 나의 님아
어찌 그리 박하신고

같은 설운도 같은 가수의 트로트 노래를 부를 때도 있었다.

둘 다 노래를 매우 좋아했다. 그것은 둘의 영원한 사랑의 원천이 됐다. 그런 예쁜 사랑을 둘은 하고 있었고 너무 서로를 좋아했다.

2019년
악당들의 하우스

"뭐여, 이런 망할."

인수는 또 화가 났다. 인수는 아무 의미 없는 싸움의 연속에서 아무것도 찾지 못한 채 열심히 죽어가는 인물이다. 아무 의미 없는 싸움으로 그저 싸움만을 위해 싸운다. 그의 목표는 오직 사람을 괴롭히는 것이다.

인수의 형량은 이미 무기징역 이상이다. 어쩌면 죽을지도 모르는 경찰의 벌이 두려워서 벌벌 떤다. 이제는 벌에 익숙해진 그는 항상 감옥에 가면 탈옥을 한다. 총이 있는 경찰들을 뚫을 정도로 영악하고 파워풀하다.

인수의 무기는 파워다. 파워풀한 힘으로 사건을 뒤집기

일쑤다. 그가 달려가면 그곳은 쑥대밭이 되기 일쑤다. 그런 힘을 아는 사람들은 그를 두려워한다.

"뭐여? 이것은."

인수의 파트너 석범은 화가 났다. 자신들의 하우스가 경찰에 노출되었다는 신호를 받은 두 사람은 화가 났다. 경찰들을 이기기 위한 치열한 머리싸움을 할 수 있는 석범은 대단한 방법으로 경찰의 신경을 끄게 하였다. 모든 두뇌 싸움의 일인자라고 할 수 있을 정도로 석범의 능력은 대단하다. 액션물을 방불케 하는 힘으로 상황을 이끌어 가는 게 인수라면 석범은 대단한 브레인으로 상대방을 제압한다.

"뛰어. 다 불 질러 버려."

인수는 자신의 하우스에 불을 지른 후 도망간다. 하우스에는 그들이 잘못한 온갖 잡다한 범죄기록이 다 있으며 도박 등의 일들도 모두 기록되어 있다. 인수는 라이터로 모든 문서를 불태운다.

브레인 석범은 기름이 있는 곳마다 빨리 불을 붙인다. 과연 브레인이라고 할 만큼 똑똑하다. 인수는 달리기가 빠르다. 마구 뛰어가다 택시를 잡는다. 택시를 타고 하우스를 빠져나가려고한다.

'브레인' 석범은 '천하의 나쁜 놈' 인수와 함께 택시를 타고 빠져나간다.

그들을 쫓는 경찰들은 늦게 와서 허탕을 쳤다는 것을 알았다. 모든 것을 불태우고 갔다고 화가 난 경사는 경위에게 보고한다. 불은 한 집을 불태웠고 그 불이 다른 건물로 번지지 않게 119를 출동시켰다.

경사 장훈은 또 놓친 것에 후회하며 땅을 친다.

"또 놓쳤나?

이것들 안 되겠다."

장훈이 묻는다.

"이번에는 잡을 수 있죠?"

"방화만으로도 개들은 끝인데 그걸 못 잡아?"

장훈은 화가 나 조소를 날린다.

"못 잡을 수도 있으니깐…. 이번 사건 무조건 해결해야 돼요."

장훈이 말한다.

"사활을 겁시다, 다 같이. 다 잠복 뛰고 A팀 B팀으로 나눕시다. A팀은 저, B팀은 경위님이 하십시오. 큰 싸움이 예상됩니다. 다 권총을 지급하고 방탄조끼를 나눠 주겠습니다."

경위가 말한다.
"같이 해보자고. 걔네가 없으면 강력계 다 휴가나 마찬가지야, 알겠수?"

경위가 계속 말한다.
"장훈 씨, 어떻게 계속 범죄를 저지른 건지 좀 브리핑해."

장훈이 대답한다.
"예."

장훈이 브리핑을 시작한다.
"기가 막힙니다. 거의 모든 범죄가 다 그들이 한 겁니다. 우리 구의 범죄 50%가 다 그들 짓이에요. 한 사람이 아니라 둘이 움직입니다. 둘이서 별의별 짓을 다합니다. 어디로 다니는지 알 수가 없어요, 둘이 고문, 폭행, 방화를 멈추지 않습니다. 이것을 멈출 방법은 현재 잘 모르겠어요, 왜냐하면 그들은 교도소를 계속 탈출합니다. 아무리 잡아넣어도 탈출해요."

장훈의 말에 다 기가 차한다.

경위가 말한다.

"나 참."

형사 지만이 말한다.

"사형밖에 안 되겠네, 이거."

"바로 검사에게 구형 요청하자고."

"압수 수색 요청하고 총 쏠 수 있게 상황 설명하고 다 잡는 건 기본이고, 죽일 수 있다는 거 인지하고 있고 조심하고 알겠지?"

경위가 말한다.

경위는 이 사건을 재판에서 이길 수 있다고 믿는다. 하지만 장훈은 석범이의 야비함과 인수의 강력함에 이미 힘들어 하고 있다.

"다 잡을 수 있어. 걱정 마. 이번엔 꼭 잡자."

2019년 3월
현수의 학교에서

현수는 서울에 있는 대학교에 다닌다. 대학교를 좋아하는 현수는 대학에서 항상 생활하는 잘나가는 가수이자 학생이다. 현수는 학과방에서 대부분의 시간을 보낸다. 지민이랑 항상 말을 하고 있다.

친구들 모두 학교에 가면 현수가 술 마시자고 해서 힘들어한다. 현수는 '술이 들어간다.'라는 노래를 매일매일 부른다. 그는 학생들이 하는 술 게임을 가장 잘한다. 얼마나 술고래인지 알수 있는 대목이다.

"야, 김현수. 술 마시자."

"너랑?"

"빨리 와, 이놈아."

지민은 현수의 친한 친구지만 오늘 현수는 술을 마시는 것을 거절한다.

"나 찬미 만나야 돼. 오늘은 안 돼."

"야, 현수가 우리 이런 사이냐? 내일 만나, 니 여친은."

"현수야, 빨리 와."

준형 역시 현수를 부른다.

"내가 여친 있는데 너네랑 놀겠냐?"

현수가 말한다.

"야, 내가 얼마나 술을 사줘야 만족하니? 엉?"

현수는 묻는다.

"오늘은 n분의 1로 갈 테니 와라."

지민이 말한다.

"나 없이도 노는 법을 배우라고."

현수가 웃는다.

"그려, 그럼 뭐, 우리끼리 가지 뭐."

준현이 현수를 만지며 술을 마시러 가려고 한다.

현수는 웃으면서 거부한 후 찬미와의 약속 장소로 출발한다. 그렇게 좋은 사람이 있을까라는 게 현수 생각이다. 현수는 그녀의 아름다운 외모에 빠졌다. 아름다움에 말을 잃은 후 현수는 고백했고 찬미는 그것을 받아들였다. 현수는 달리기뿐 아니라 모든 운동을 잘하는 대학생이다. 되게 열심히 하는 것이 오직 운동뿐인 현수를 찬미는 좋아한다.

찬미가 현수를 반긴다. 너 왜 이제 왔냐는 듯한 미소로 현수를 맞이한 찬미는 금방 기쁨에 빠진다. 손을 잡고 찬미는 나간다. 둘은 좋아하는 마음으로 약속한다.

"찬미야, 내가 너 어떻게든 최고로 만들어 줄게. 어떤 일이 있어도."

"진짜야?"

"그래, 내가 꼭 지킬게."

"어떻게 지킬지 제대로 말해봐."
찬미가 캐물었다.

"글쎄, 내가 최고가 돼야 하나? 아니면 네가 일등이 돼야 하나?"

두 사람은 같은 쪽 테이블에 누워 사랑을 속삭인다.

"너, 그럼 어떻게 최고가 될 건데?"

"나도 모르지…."

"방법도 모르면서 어쩜 말은 잘하네.
알 때까지 안 만나 줘."
찬미는 살며시 웃는다.

"너는 무슨 계획이 있는데 나한테만 그래?"

"나는 콘서트 하잖아. 쩝쩝."
찬미는 메롱한다.

"잘되겠네. 나도 객원으로 부르면 안 돼?"
현수가 끼를 부린다.

"무슨 노래 할 건데? 불러봐."

바람이 분다
바람이 너무 부네
너무 좋다
바람이 부네

"찬영의 노래네. '네가 너무 생각난다' 이거지?"

"그래, 바람이 부는 이유로."
찬미가 말한다.

"나참, 그런 노래를 좀 불러봐라. 연습해서."

그렇게 두 사람의 사랑은 깊어만 진다. 둘은 웃으면서 커피를 마신다. 웃음을 지으며 서로의 사랑을 확인하다. 미소는 찬미의 아름다운 얼굴을 드러낸다. 현수는 좋은 표정을 지으려고 애쓰며 웃는다.

카페의 그림 중에는 사랑이 확인되는 그림이 있다. 성모 마리아의 아이를 낳는 그림이다.

2019년
시립박물관에서

현수는 시립박물관에 가려고 한다. 시립박물관에 가는 버스를 탔다. 버스에서 생각한다. 우리나라의 보물들이 전시된 시립박물관에는 무엇이 있을까?라는 생각이다. 신석기 때의 토기, 비파형 동검, 신라 때의 웃는 얼굴인 기와. 조선 때의 신기전. 이런 것을 보는 거지 뭐 하며 가고 있다.

시립박물관에서 문화유적의 의의를 써오는 것이 학교의 과제이기 때문에 그는 계속 글을 쓰듯이 상상하면서 가고 있다. 어떤 의의가 있을 것인지 누가 만든 거고 어떻게 쓰인 거고를 계속 생각한다.

박물관에는 중요한 무엇인가가 있다. 박물관은 무엇인가? 우리의 보물을 전시해 놓은 곳, 그렇다면 보물은 얼마나 소중했을까?

일반 사람들이 보물을 알까? 사람들이 쓰는 귀금속만이 귀중한 물건은 아니다. 우리 삶의 바탕을 이루게 해 준 그런 것들이 우리의 삶이고 우리의 중요한 숙제였다. 그것을 꼭 이루자라는 바람이 들어있을 정도의 훌륭한 일을 우리는 다시 하려고 한다. 그런 것을 찾는 것은 많은 생각을 들게 한다. 고인돌 같은 건축물이 피라미드가 되고 피라미드 같은 아랍의 건축물이 되고 더 심도 있는 것을 만든다.

고인돌이 아닌 비파형 동검은 무엇일까? 비파형 동검을 지닌 민족들이 싸움에서 이기는 일이 벌어졌다. 얼마나 강할까? 석기를 쓰고 있는 민족에게는…. 그렇게 강한 검이 청동이 아닌 철로 만들어졌을 때 또 어떻게 바뀌었을까?

'내 눈에는 비파형 동검이 더 좋게 보이는데 철기보다는….'

그런 생각을 한다. 또 그러한 일이 있을지 대본다. 대본다란 그 칼을 들고 싸워보는 일이다. '이 정도 크기의 청동기로는 긴 철기 칼을 이기지를 못하겠는데.'라고 생각한다.

운동역학을 대학에서 교양으로 들은 현수는 철기가 더 세다는 걸 알아낸다. 훨씬 더 날카롭기 때문이다. 모든 것을 벤다는 칼과 모든 것을 막는다는 방패. 둘을 모순이라고 한다.

'이 문제는 모순과 다르다. 긴 칼로 짧은 칼이 오기 전에 찌르면 끝.'

철기시대를 지나서 칠지도가 나온다. 칠지도란 일본에게 백제왕이 하사한 칼이다. 그 칼은 너무너무 소중한 칼이다. 일본은 우리보다 못살았고 원조를 받았다는 증거이기 때문이다.

칠지도에 대해 현수는 운동역학적으로 생각해본다. 칼과 칼이 부딪치면 어떻게 될까?라고 가정을 하면 답은 명쾌하다. 상대방의 칼이 칠지도에 걸린다.

조선의 명검들로 넘어간다. 그 검들은 요즘 사극에서 보이는 기다란 검이다. 매우 날카롭고 다루기 편하다. 무거운 것만 들 줄 알면 매우 쉽게 쓸 수 있다. 그만큼 매우 강한 군대를 만들 수 있었던 검이다.

이러이러한 도구들을 보며 지나간다. 다 너무 좋은 것들이었다.

그 정도를 생각하며 글을 쓰려고 기획 중이다. 중요한 무엇인가를 조사하는 일이 그의 과제이다.

2019년
4월 한강으로

시립박물관에서는 여러 가지 전시가 열리고 있었다. 캐나다의 장식품을 보다가 우리나라의 박물관에 도착했다.

현수는 구석기시대의 집을 보고 있었다. 고인돌을 만드는 과정들이며 집을 파서 만든 구석기 때의 유적들을 말이다.

그리고 현수는 청동기 시대의 비파형 동검을 보았다. 바로 그때 엄청난 소리와 비명이 들렸다.

"저 두 명 잡아."

"뭐여, 이 망할."

인수는 이렇게 외치면서 뛰어갔다. 석범은 승용차를 타

고 엄청난 속도로 쇠문을 들이받는다.

인수는 엄청나게 빠른 속도로 도망을 가다가 현수와 마주쳤다.

"뭐여? 이런."

"너 뭐야?"

현수는 마주친 인수를 훑어봤다. 누가 봐도 도둑인 모양새였다.

"저놈 잡아."

'뭐? 재 잡으라고?'

재를 잡으라는 말에 엄청난 속도로 따라간다. 따라가는 속도가 엄청나다. 어떤 사람은 "오."라고 외친다. 엄청난 속도에 어떤 사람들은 박수를 친다. 마치 육상선수가 뛰듯이 달려간 현수는 인수를 잡을 수 있을 듯하다.

인수는 현수가 달려오는 것을 보고 자기가 만든 연막탄을 던졌다. 연막탄을 던진 후 도망간다. 현수는 인수의 연막탄을 맞고 웃었다. 인수의 방구를 뭉쳐서 만든 듯한 냄새가 나는 연막탄이었다. 그 연막탄을 맞은 현수는 웃으면서 말한다.

"쟤, 뭐하는 애야, 저 방귀 놈."

현수는 계속해서 달린다. 캐나다 전시관을 거쳐 밖으로 나가는 입구에 들어섰다. 도난이 있을 때 자동으로 닫히는 문이어서 닫힌 상태이다.

"문이 닫혀 있어."

"알지롱."

인수가 약을 올리며 차가 뚫어놓은 철문을 향해 뛴다. 계속해서 현수는 따라간다. 현수의 스피드에 잡힌 인수 둘간의 싸움으로 이어졌다.

"쟤, 뭐여? 젠장."

석범이 부서진 자동차에서 나오며 말했다.

"넌 죽었다. 이제."

인수가 화가 나서 현수를 때리려고 했다.

"어디서 도둑질이야!" 하며 현수가 인수에게 달려들었다.
둘 간의 몸싸움이 10초간 이어졌다. 치열한 몸싸움 끝에 현수는 검을 빼앗았고 그 검으로 인수의 팔을 베었다. 인수는 아파했고 그것을 본 석범은 현수를 향해 달려왔다.
현수는 박물관 안에 있던 인수를 피해 밖으로 무작정 달리기 시작했고 박물관의 바로 앞에 있던 한강 공원까지 달려갔다. 물론 석범은 현수를 계속해서 쫓아왔다.

"너 뭣이여."
하며 인수도 달려왔다.

"어디서 이런 걸 훔쳐. 내가 경찰에 다 신고한다."
라고 현수가 외쳤다.

엄청난 속도의 추격전이 시작됐다. 첫 라운드는 마라톤이었다. 석범과 인수가 빠른 속도로 쫓아왔고, 현수는 자신의 빠른 달리기 실력으로 한강을 뛰었다.

"재 빨라. 장난이 아냐."

"아, 놔. 이게 뭐여."

"빨리빨리 잡장께."

현수는 마치 단거리 선수처럼 엄청난 거리를 뛰고 있었다. 한강 길을 따라 계속 길을 뛰어갔지만 현수와 인수와 석범의 달리기는 멈출 줄을 몰랐다. 계속되는 달리기는 20분간 계속되었다.

'지겨운가요. 힘든가요'라는 노래를 중얼거리던 한 남자 시민을 푹 치고 인수는 계속해서 달려갔다. 달리기는 인수보다 석범이가 더 빨랐다. 인수가 파워를 가지고 있다면 석범은 빠른 스피드를 가지고 있었다.

현수는 달리기로 다져진 만큼 엄청난 심폐력을 가지고 있었다. 얼마나 운동을 잘하던지 500m가량의 차이를 벌렸다.

석범이 더는 안 되겠다는 표정으로 자신의 칼을 꺼냈다.

"저놈 잡고 만다."

인수는 웃으면서 말한다.

"잡아서 죽이자고. 이렇게 된 거 뭐 어쩔 거여?"

달려가며 인수는 계속 중얼거린다.

"잡아 죽인다. 빨리 칼 내놔."

현수는 잡아죽인다는 말에 겁을 먹고 더 빨리 달려갔다. 현수는 누가 세워놓은 자전거를 잡아타고 빠른 속도로 나아갔다.

그것을 본 두 도둑은 자전거를 찾으려고 했다.
인수는 파워풀하게 달려가는 자전거 탄 사람에게 킥을 했고 넘어트려 자전거를 빼앗으려고 하였다.

"야, 도둑이다!"
라고 외치며 사람은 쓰러져서 피를 흘린다.

석범이는 역시 자기 방향에 가는 사람에게 하이킥을 하고 자전거를 빼앗았다. 석범이 역시 자전거를 타고 달리기 시작했다.

2019년
4월 한강에서

2라운드는 자전거 경주였다. 현수는 자전거를 타면서 최고 속도로 계속 가는 '페달링'에 익숙해져있었다. 현수는 칼을 등 뒤에 맨 채 계속해서 페달링을 하였다. 뒤로 돌아보니 석범과 인수는 일어난 채 페달을 밟는 방법으로 자전거를 타면서 빨리 따라오고 있었다.

현수가 뒤를 돌아보니 인수와 석범은 웃으면서 칼을 보여줬다. 그것을 본 현수는 "미쳤냐?"라며 엄청난 속도를 내며 도망갔다.

한 편의 레이싱 영화처럼 그 셋은 자전거를 탔다. 그 셋은 10㎞를 20분 만에 타는 엄청난 속도를 보여주며 레이싱을 계속하였다.

"얘네들 뭐야?"라며 도망가던 현수는 이대로 계속 가다간 잡힐 수도 있다라는 생각을 했다. 그러고는 칼을 가진 채 물속으로 뛰어들었다. 물속으로 뛰어들어 빠른 속도로 한강을 건너려고 하였다.

이렇게 3라운드 수영이 시작되었고 수영으로 인해 철인 3종경기와 같은 게임이 펼쳐졌다. 철인 3종경기는 트라이애슬론이라 불리며 완주를 하면 철인으로 인정받는 경기다. 그 경기 비슷한 것을 그들 셋이서 하고 있었다.

현수가 수영을 하여 반대편으로 가자 석범이는 두뇌를 굴렸다.

"나는 자전거 타고 반대편에 가 있을게. 인수, 너는 바로 따라가."

"okay."

둘은 나눠졌고 석범은 대교를 따라 반대편으로 향해서 갔고 인수는 윗옷을 벗고 한강으로 다이빙을 하였다.

인수가 윗옷을 벗으니 상처에서 피가 났다.

지나가던 사람이 비명을 질렀다.

"뭐여, 뭘 봐."라고 외친 후 인수는 계속해서 나아갔다. 인수의 수영 실력은 형편없었다. 개구리 영법인 평영을 하면서 따라갔다. 가장 빠른 자유형을 익혀놓지 않아서였다.

추격전은 계속되었다. 달리기가 시작된 지 1시간이 지난 후였다. 인수는 계속해서 개구리 영법으로 현수를 쫓았고 그를 따돌리기 위해 현수는 빠르게 수영을 해서 반대편으로 갔다. 반대편에 도달했을 때쯤 석범이 현수를 찾았다.
현수 역시 석범을 보고 도망을 갔다. 자유형으로 물이 흐르는 반대 방향으로 계속해서 나아갔다. 석범은 그를 육지에서 계속 따라갔다.

석범이 외쳤다.
"빨리 잡혀라. 이놈아."

석범은 또 외쳤다.
"너는 내 밥이야."

현수는 석범의 쏟아내는 욕과 물살의 반대편으로 가면서 받는 저항력을 당할 수가 없었다. 점점 속도가 느려지더니 뒤에서 헤엄쳐오는 인수에 따라 잡히려고 하였다.

"아, 잡았다. 요놈, 딱 걸렸어. 이놈 봐라."
하며 인수가 현수를 잡았다.

현수는 말하였다.
"니들 어쩌려고 그래."

인수와 석범은 현수를 고문하였다.

2019년
4월 찬미의 연습실

찬미는 노래 연습을 계속했다. 계속되는 연습을 이겨내기 위해 부단히도 노력하였다. 노래를 계속 부르려는 찬미의 노력은 결실을 거두었다.

자신의 노래를 성공적으로 부른 찬미는 억대 연봉을 받는 최고 예술가라는 명예를 받았다. 위원회에서도 인정받고 또 성공한 찬미는 사람들의 찬사를 받았고 그녀는 누구보다도 성공한 삶을 살게 되었다.

서울 중심에 있는 호텔에 갔다. 많은 사람들이 지나갔다. 저 사람은 뭘까?라는 생각이 많이 들 만큼 많은 부자들이 오는 곳이었다. 그들은 성공한 사람이 느끼는 감정 속에서 살고 있었다.

찬미는 아이보리색의 드레스를 입고 친구들을 불러서 함께 방 안에서 파티를 하였다.

"너무 좋지 않아?"

친구들 역시 부자였다. 다들 아버지 자랑이 주된 화제였다. 아버지에 못지않게 친구들 역시 성공적인 삶을 살았다. 얼마나 성공했는지는 자신보다 남들이 더 많이 알 정도로 큰 성공을 했다.

"나는 사람들이 말해줘야 알아. 잘하고 있다고."

찬미가 말했다.

"나는 내가 잘하는 줄 모르겠어. 엄마 잔소리를 계속 듣거든. 왜 이렇게 힘든 공연만 있는지. 남들이 나의 노래를 들어줄 때 그때만이 내가 살아있는 것 같아."

찬미는 돈을 많이 벌어 예술을 하였다. 예술적인 영감을 계속해서 찾았고 어떠한 일이 있어도 더 높은 차원의 예술을 하려고 하였다. 그녀는 성공한 성악가가 되었다.

찬미는 엄마와 같이 소장품 경매에 갔다.

"엄마는 그림 하나 사야겠다. 1천은 되는 걸로."

"엄마도 참, 그런 그림으로 도배가 되겠어요? 우리 집이."
찬미는 엄마에게 그런 큰돈은 내지 말라는 의미로 말했다.

"찬미야, 넌 뭐 살려고?"

찬미는 말했다.
"난 엄마 사는 거 구경이나 하려고 그러지요."

둘은 화기애애하게 사고 싶은 것을 말하며 집에서 경매장을 향하였다. 경매장에 들어서서 경매에 참가했다. 그때 운명처럼 청룡도라 일컬어지는 칼의 칼집 나왔다.

"이 칼집의 칼로 말할 거 같으면 300년간 왕들이 쓰던 명검 중의 명검입니다. 이 칼이 있으므로 해서 왕이라고 일컬어질 만큼 중요한 왕의 물건이었습니다. 이 칼은 제일 비쌌을 때가 3억 원을 넘었을 정도로 가치 있는 물건입니다. 이 칼은 지금 껍데기 아니 칼집만 남아있을 정도로 경쟁이 치열했습니다. 이 칼은 지금 시립박물관에 전시되어 있으며 칼집만 이번 경매 상품으로 팔 예정입니다. 칼집의 가치는 엄청나다고 평가되어왔으며 이 칼을 절대로 사면 안 된다는 말이 있을 정도로 위험한 물건입니다. 이 물건을 이제 경매에 부치려고 합니다. 가격을 3억 원부터 부르겠습니다."

"저요." 하며 찬미가 손을 들었다.

"아니에요." 하며 엄마는 손을 못 들게 하였다. 하지만 찬미가 말했다.
"아닌 게 아니라 저요."

"더이상 값을 부르지 않으면 낙찰하겠습니다."
경매 진행자는 말했다.

찬미는 그 칼집을 손에 넣고자 하였다.

결국 그 칼집을 사서 집에 왔다. 엄마는 계속해서 잔소리를 하였다. 그걸 어떻게 사냐고란 내용이 주를 이뤘다. 하지만 찬미는 말을 무시했다. 나도 저런 칼집 하나 있으면 문제가 없겠다고 말하였다.

칼집은 얇고 길었다. 긴 만큼 얇기도 하였다. 파란빛이 반짝이기도 하였다. 딱 보기만 해도 중국의 왕이 썼을 칼집이었다. 모두 감탄할 만한 물건이었다.

집에 온 찬미는 그 칼집을 자신의 방에 걸어 놓았다. 그 칼집을 찬미는 아름답게 보았다. 자신의 약한 부분이 매워지는 그런 느낌을 받았다. 표현할 수 없을 만큼 좋은 기운이 찬미를 감싸았다.

찬미는 이제 행복해서 날아갈 것 같았다. 남자친구인 현수가 떠올랐다. 현수에게 선물로 주면 좋아하겠다라는 생각을 했다. 자신의 방보다 현수의 방이 더 어울릴 것 같았다.

찬미는 현수에게 줄 깜작 선물로 그 칼집을 생각했다. 너무 좋은 나머지 사람들에게 자랑했다. 이제 찬미는 현수에게 프러포즈를 받고 싶다는 생각이었다. 그 계획이 잘될지는 생각하지 못했지만 어떻게든 프러포즈를 받고 싶었다. 물론 그 칼집은 그 후 주겠지만, 어떻게든 주고 싶은 마음이었다.

현수는 강한 정신력과 무술 실력을 가진 대학생이었다. 그런 그가 어쩌면 찬미의 왕일지도 몰랐다. 찬미의 왕이 되어 달라는 의미로 칼집을 주는 것은 찬미에게는 그만큼 현수를 사랑한다는 표현이었다.

성공한 삶을 사는 찬미가 그 칼집을 준다는 것은 사랑 이상의 의미였다.

2019년 4월
찬미의 공연장에서

찬미는 노래를 불렀다. 계속되는 노래를 암기하기 싫어서 악보를 보고 불렀다. 그 모습은 점점 옛날보다 노력을 덜 한다는 인상을 주었다. 그때마다 엄마와 싸웠다.

"너, 그렇게 불러도 돼?"

"뭐 안 될 게 있어?"
찬미가 따졌다.

"너 도대체 무슨 생각이야? 노래보다 더 중요한 건 마음의 아름다움이야. 노래만 잘 부르지 인성은 별로야. 인성은."

“내 인성이 뭐 어떤데?”

엄마가 다그쳤다.

“너 노래에는 인성이 없어. 너를 봐주는 관객들에게 조금이라도 최선을 다하는 모습을 보여 줘야 한단 말이야.”

찬미는 웃었다.

“내가 노래하는 걸 잘 들으면 됐지. 뭐 인성이야?”

“나를 봐줘서 고맙습니다라는 것은 오랜 연습으로 되는 거야, 알겠어?”

“그래, 내가 연습한다. 매일매일.”

찬미의 공연은 엄마의 잔소리로 유지되었다. 공연작가가 말했다.

“점점 더 늘려야겠어. 너 개인 분량을.”

“늘리면 저만 힘들잖아요?”

“그래, 이것아!”

작가가 웃으면서 말했다.

"분량이 너무 많지?"

"그래요."

"그럼 좀 줄일까?"

"알아서 해요. 저 연습 좀만 더 할 테니 중요한 건 어머니와 얘기해 주세요."

"알았어."

작가와 찬미는 대화했다. 심도 있는 대화는 아니었으나 찬미는 너무 하기 싫었다. 찬미는 커리어에서 더 이상 이룰 것이 없다고 생각하고 있었다. 그런 따분한 삶을 사는 것이 지겨웠던 찬미다.

찬미가 노래를 부르기 시작했다.

잠든 고운 아기
손 잡는 밤

밤 한 밤
거룩한 밤

산새도
거룩한 밤
지치고
힘든 고요한 밤
밤

찬미의 노래가 절정부로 들어간다. 다들 최선을 다해 부른 노래에 만족한다. 깜깜한 무대에 밝은 조명이 비친다. 사람들의 모든 관심을 받은 찬미는 노래를 시작한다. 자기가 꿈꿔왔던 자신의 사랑이 들어간 노래를 부르려고 한다. 곡은 자작곡이었다. 노래의 의미를 되새기는 노래를 만들려고 찬미는 시도했다. 많은 사람들이 들어주고, 꼭 다시 듣기를 바라면서 노래를 만들었다.

사랑가

힘들어. 싸우지 마
라고 생각될 때
울지 마

다시 한번 일어나
아침을 느껴봐

아침은
살아서
계속 오잖아
다시 한번
너를 지켜봐
다시 한번
일어서서

다시 한번
일어서서
너의 힘을
보여줘

우리는
언제나
해왔듯이
말이야

꼭 해내야 돼
꼭 해내야 돼
할 수 있다.

노래가 끝난 후, 관객들이 환호했다. 많은 사람들이 노래를 듣는 곡만을 준비한 콘서트가 잘 마무리됐다. 이렇게 좋은 날 많은 노래를 부를 수 있어서 행복하다라는 느낌을 받았다. 다시한번 일어나 역경을 이겨내자라는 말을 찬미는 하고 싶었다. 노래 전체를 휘감고 있는 느낌이었다. 역경을 이겨내자는 것, 그것이 찬미의 메시지였다.

그러던 중 경찰들한테 문자가 왔다.

집에 와서 칼을 본 찬미는 칼집을 형사들한테 양도했다. 그리고 경찰들이 골라준 숙소로 들어갔다. 몸을 숨긴 찬미는 숙소에서 형사들만 바라봤다. 이 사건을 해결할 수 있는 사람은 오직 현수와 경찰들밖에 없다.

2019년 4월
서울 둔치에서

"야, 이제 그만 잡자."

석범이 말했다.

"그래, 이 정도면 많이 잡았지."

인수가 말했다.

인수가 다시 말했다.

"라고 말할 줄 알았냐?"

현수가 말했다.

"내가 이 치욕을 어떤 미친 짓을 해서라도 갚는다. 웃어?"

인수가 웃는다. 석범도 따라 웃는다. 인수와 석범이 현수에게 온갖 고문과 치욕을 주었고 그로 인해 현수는 큰 화를 받았다. 인수와 석범이 서울의 외진 곳에서 빠져나가며 현수를 묶어놓는다.

곧 경찰이 왔다. 장훈 경사는 무슨 일이었나며 묻는다.
"경찰이 왔습니다. 안에 누구 있습니까?"

현수가 말한다.
"저요, 저요. 저 미친 짓 당했어요. 살려주세요."

경찰이 묻는다.
"이게 무슨 변고입니까? 어디 다친 곳은 없습니까?"

"이거 완전 욕먹은 정도도 아니고, 이게 무슨…."

"걔네들이 그럽니다. 온갖 더럽고 나쁜 짓은 다 하고 다닙니다."

경찰서로 가면서 장훈 경사에게 현수는 그 사건을 다 말한다. 그렇게 사건을 계속 말한 후 경찰서에 들어갔다.
"얘, 완전히 미친 짓을 당해버렸어. 이거 어떻게 하냐?"

현수가 완강히 말했다.

“저도 이 사건 껴주세요. 갚을 게 너무나도 많습니다.”

어떤 경찰이 웃으면서 말한다.

“껴라. 어디로 갔을지 참고인이 되어주면 되겠다.”

현수가 말했다.

“내가 잡고 만다. 이것들을.”

2019년 5월
석범과 인수의 하우스에서

"뭐여, 우리 이거 어떻게 하냐?"

"빨리 팔아치우자."

인수가 말했다.

"이 검, 이거 다 팔려면… 아이고, 밀수출해 버리자."

석범이 신중한 태도로 말한다.

"이게 원래 중국 제품이야 중국, 이걸 팔려면 중국으로 가야 제값을 받아. 중국으로 가져가자."

인수가 말한다.

"그려, 이걸 중국으로 빼돌려야 쓰겠구먼. 이거 어떻게 한다냐."

석범이 머리를 굴린다. 머리를 빨리 잘 쓰는 브레인 석범은 곧 답을 찾는다.
"인수야, 너 검도 단증 있잖아?"

둘은 꿍꿍이를 벌인다.

"그래, 내 단증 이렇게 생겼거든."
인수가 자기 단증을 보여준다.

"이거 인쇄기로 다 복사해서 붙이자. 아무도 이거 자세히 안 보거든. 그냥 복사해서 붙이기만 하면 돼. 3D 프린터로."

석범이 웃는다.

"알겠어. 내 걸로 만든 다음 호신용 칼로 위장해서 택배로 보내자.
단증 있으면 호신용 칼은 해외로 가져갈 수 있어. 그 점을 노리자."
석범이 계속 설명한다. 석범은 모범생이었다. 해외에 나간 적도 많았다. 공항이 어떤 일을 하는 곳인지 다 알고 있었다. 충분히 뚫을 수 있을 거라고 예상했다.

"그리고 어떻게?"
인수가 물었다.

석범이 대답했다.
"그리고 칼집을 찾으면 충분히 몇 배 더 비싸게 팔 수 있지 않을까 생각하는데? 그 칼집을 어디서 찾을 수 있는지 알아보자. 지금부터."

"나는 모르겠어. 원 참."

"어. 여기 있네. 이 모델이 쓴 칼집의 칼이 중국 태자의 칼이다? 여기 이렇게 나오는데?"

인수가 방정을 떤다.
"내 꺼다. 그 칼집 누가 뭐래도."

"우리가 그 칼집 꼭 갖자. 다 뒤져보면 나오겠지, 뭐. 거기를 꼭 뒤져 봐야 돼. 어디냐 하면 백화점 진열상품들 말이야."

2019년 5월
경찰서에서

"내가 재네를 아는데 재들은 무조건 밀수출해, 밀수출."

장훈이 말했다.

"밀수출을 어디로 할까요?"

경찰인 지만이 말했다.

"다 뒤져보자고. 가능한 대로."

현수는 답답하다.

그놈들이 어디로 갈지 고민이다. 잡을 수 없으면 어떡하냐는 고민이다.

"나는 알겠어. 그거 배 다 막아야 해. 배 떠나면 육지에서 잡기를 기다려야 해."

현수는 너무 억울한 나머지 반말을 쓴다.

"공항으로 갈 가능성이 제일 높죠?"

지만이 추리한다. 머리를 굴리며 생각한다. 여러 정보로 보아 공항으로 갈 수도 있다는 생각이 든다.

"공항이야."

현수는 생각할 겨를도 없이 말한다.

"공항에 가 있을게요. 출국장만 지키면 되잖아요."

"그럴래? 같이 움직이자."

이렇게 경찰 A팀은 흩어진 채 잠복근무를 시작하였다. 경찰 B팀은 그들의 행적을 추적하고, A팀은 공항과 선박을 조사할 생각이었다. 현수는 공항에 가서 있기로 했다.

"현수, 넌 이 총을 소지하지 못해. 그럼 어떡할래?"

"어떡하긴요? 그냥 손으로 싸워야지."

“손으로?”

현수가 웃으면서 말한다.
“내가 무조건 이겨요. 걱정 마요.”

“걔들은 칼을 씁니다. 조심하십시오.”
장훈이 말한다. 장훈은 정의로운 형사로 원래는 잘나갔다. 하지만 석범과 인수를 쫓으면서 검거율이 10% 미만으로 내려갔다. 그러자 인수와 석범이 꿈에서도 나올 정도가 되었다.
장훈은 현수가 당한 ‘치욕’을 당하진 않았지만, 그만큼 화가 나있는 상태이다.

현수는 공항 버스으로 타고 공항을 출발했다. 그가 가는 길에 있는 백화점을 별생각 없이 쳐다보았다.

“어?”

“어, 저거 뭐지? 저 둘이 왜 저기에?”

현수는 버스 기사에게 말했다.
“차 좀 세워주세요.”

"왜요?"

"차 좀 세워주세요. 경찰과 일하고 있습니다."

버스 기사는 차를 멈추어주었다.

인수와 석범은 경찰이 칼집의 위치를 가짜로 흘린 것에 현혹당해 백화점마다 칼집이 있다고 광고하는 곳을 털고 있었다. 칼집이 있어야 비싼 가치를 만들 거란 브레인 석범의 계획하에 진짜 칼집을 구하던 중 백화점 명품관에 칼집이 있다는 정보에 따라 백화점을 털고 있었던 것이다.

현수가 달려갔다.

"야, 이놈들아."라고 하며 현수는 날아 차기를 하였다.

"어쭈, 뭐여? 이것은." 하며 인수가 되치기를 하였다.

인수가 말했다.

"내가 막고 있을게. 먼저 가버려, 엉?"

석범은 택시를 타고 도망갔다.

현수가 외쳤다.
"인수, 너를 죽일 날만을 기다렸다."

인수는 "웃긴 놈이군, 덤벼라."라며 싸우기 시작했다.

둘 사이에서 최악의 결전이 시작되었고 절대 물러설 수 없는 승부를 하게 되었다. 그렇게 시작된 싸움을 사람들은 둥그렇게 서서 보기 시작했다.

압구정 한복판에서 둘은 싸움을 했고 경찰 B팀은 작전이 성공하였다며 출동을 준비했다. 둘의 싸움은 계속되었다.

"덤벼라. 이놈아!"

"둘은 계속해서 싸우고 있습니다."

경찰 B팀은 출동을 서둘렀다.

현수는 날아 차기로 인수의 머리를 때렸다. 인수는 현수의 발을 잡고 꺾으려고 하던 참에 현수가 주먹을 날리자 뒤로 엎어졌다. 현수는 뒤로 엎어진 인수를 뒤로 놔두고 택시를 잡아 도망간 석범을 쫓기 시작했다.

"공항이요. 저쪽으로 갔어요. 아까 앞에 있던 택시 있죠. 그거 따라가 주세요. 아마 공항으로 갔을 거에요. 분명히."

"네?"

"저 차 따라가세요. 빨리요."

2019년 5월
공항으로 가는 길

공항을 향해 두 택시는 서로 최선을 다해 가고 있다. 앞서 가는 택시가 보일 듯하다가 조금만 가면 보이지 않다가 또 보이는 추격전을 벌였다. 현수는 핸드폰을 꺼냈다. 배터리가 4% 남아있었다. 그래서 재빨리 경찰 A팀의 장훈에게 연락했다. 장훈은 공항 경찰에게 연락했고 공항 경찰은 대기했다.

공항에 들어오는 모든 택시를 경찰들이 수색했다. 그것을 본 석범은 공항에 들어가기 전 택시에서 재빨리 내려 공항 안으로 도망갔다. 경찰들은 계속 수색을 했고 늦게 온 현수는 달려가기 시작했다. 공항경찰관이 말했다.

"아직 안 왔습니다. 찾을 수 없었습니다."

현수가 말했다.

"아직 안 왔다고? 놓친 거잖아요."

현수는 달리기 시작했다. 석범은 출국장으로 들어갔다. 칼은 단증과 함께 짐으로 부쳤다. 칼과 단증으로 함께 보여주자 보내준 것이다. 물론 석범의 생각이다.

현수는 뛰어가서 이단옆차기를 했다. 석범은 쓰러졌고 둘 간의 사투가 시작되었다.

현수는 석범을 기절시켰다.

둘 간의 사투 끝에 현수가 칼을 챙기고 화물칸으로 들어갔다. 화물칸에서 칼을 찾은 순간 뒤에서 인수가 웃고 있었다.

"딱 걸렸어. 이것아."

"너 이걸로 뭐 하려고 해?"

"우리 거다. 이 칼 내가 가지려고 한다."

"이런 칼은 그냥 시립박물관에 있어야 되는 거야. 내가 칼을 꼭 찾아 돌려주고 너네를 죽여주마. 간다."

현수가 인수의 가슴을 칼로 베었다. 인수는 쓰러진다.

2020년 2월

현수와 찬미는 결혼을 하게 됐다. 현수는 새삼 찬미에게 반했다. 그녀의 아름다운 목소리는 더욱 성숙해졌다. 아름다운 마음을 가지는 법을 안 찬미는 더욱더 아름다워졌고 나날이 성숙해나갔다.

"당신은 너무 아름다워요."

팬들이 계속 말을 했다.

칼은 칼집에 넣어서 시립박물관에 기탁했다. 그 대단한 칼은 청룡도라는 이름으로 시립박물관 깊숙한 곳에 보관하게 되었다.